宇宙連合から地球の皆様へメッセージ 2

宇宙連合から
宇宙船への招待

セレリーニー・清子＋タビト・トモキオ 共著
Sererini Kiyoko & Tabito Tomokio

たま出版

I 宇宙連合フィウリー総司令官現れる

再び、深夜の訪問者

――三月初めの深夜一二時頃。

トモキオが部屋の明かりを消し、エアコンの温度をやや下げ、床についてしばらくしてからでした。

部屋全体が淡い黄金白色の光に包まれ、ハッとして目を開けると、まるでスターダストのようなものがキラキラと輝き始めました。

「あぁまた今夜も、どなたかお出でになるのだな」

と思う間もなく、その光の中からおぼろげに三つの人の形が見え始めました。

四～五秒もすると、徐々にはっきりとした姿が現れ、「これは天の国とか言われるようなところでしか、お目にかかることができないのでは」と感じさせられるような、高潔な品性と溢《あふ》れんばかりの愛と優しさに満ちた微笑みを、私に向けられたのでした。


それは今まで経験したことのない不思議な、それでいて素晴らしいエネルギーにスッポリと包まれている感じで、とても暖かく、優しく、心地よく包まれている感覚でした。

「これこそが何年も前から教えられていた、すべてを癒《いや》す宇宙の愛のエネルギーと言われていたものなんだ」

その途端、なぜか今までの悩みも、苦しみも、心配も一切どこかに消え去り、私の心も、身体《からだ》の全細胞も、ウキウキと喜びに小踊りし、舞い上がる感じになってきました。それは今まで一度も知ることのなかった、また味わうことさえできなかった幸せの極致ともいうべきものでした。

「お正月にお会いした方より、さらに高い意識の方では…」と思ったその時、突然隣りの部屋よりふすまを開けて、せい子と美和さんが飛び込んできて、

「あぁ〜やっぱり…、ひょっとしたら宇宙連合からお出でになったのでしょう⁉」

「きっとそうよ、そうよ！」

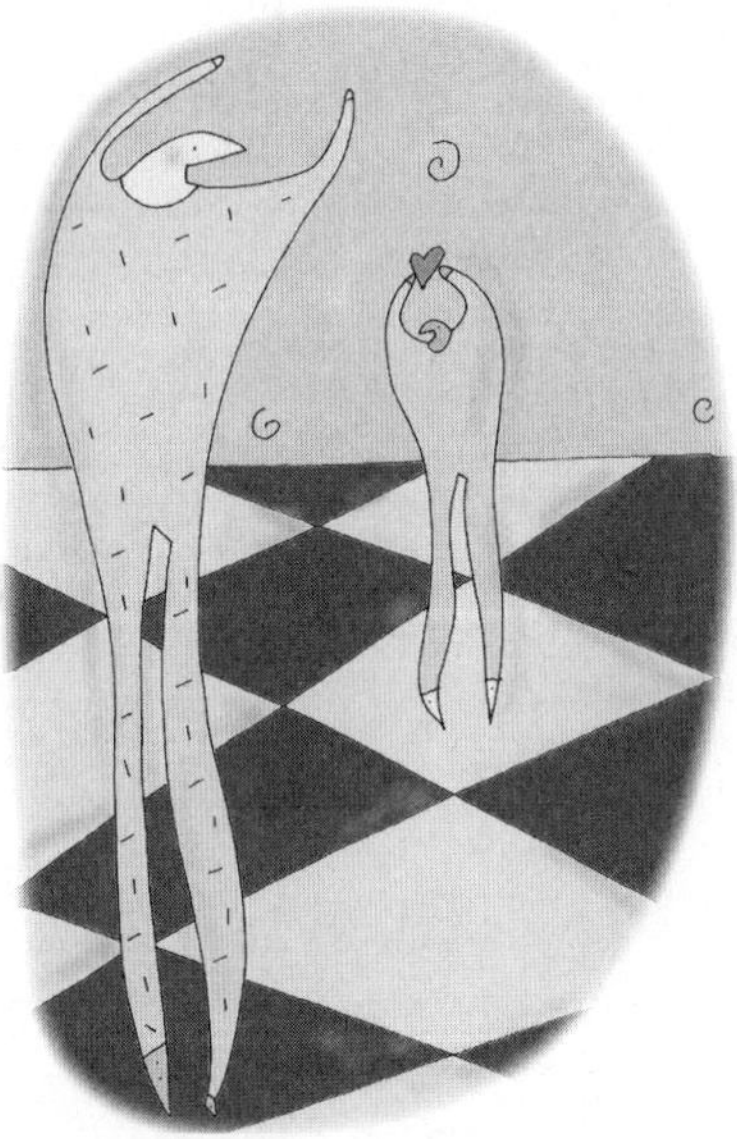

と二人ともワクワクした気持ちを押さえきれずに、思わず叫んでいました。

お出でになった方は、

「夜ふけに突然訪問させていただいたことを、お許しくださいますか？　トモキオさんには、三日前に夢の中で宇宙連合より近いうちにお邪魔させていただくとお伝えしておきましたが…」

「はい、夢の中も美しいお姿でしたが…。しかし実際にお会いさせていただきますと、皆様の美しさに驚いてしまって言葉も出ないほどです」

息を止める美しさとはこういうことをいうのだろうなとトモキオは思いながら、一息して、思い切って尋ねてみました。

「失礼とは存じますが、真ん中にお立ちの方は、なぜかフィウリー総司令官のように感じるのですが…」

「はい、そうです、私がフィウリーです。あなたには、今まで様々な方法を通してお話をさせていただきましたが、姿を現して、お会いするのは今回が初めてですね」

「はい、長年にわたって、多くのご指導をいただきましたこと、深く、深くお礼を申しあげます」

と言うと、トモキオの目から涙がこぼれてきました。

「やっとお目にかかれて大変嬉《うれ》しくまた光栄に思います。ご覧ください、せい子と美和さんのこの子供のような喜びようを。さあ、隣りの部屋へどうぞ」

トモキオは隣りの部屋にお三方を招き入れ、それに続いて美和さん、せい子がそれぞれ入り、丸いテーブルに着席しました。

「せい子、美和さんボーッとしてないで、お茶の支度をしなさい。早く早く」

とトモキオがせかすと、フィウリー総司令官がそれを制するように、

「お心づかいは有り難いのですが、今夜は勝手にまいりました私にご用意させてくださいな。私達は、必要な物をなんでも即座にご用意することができます。何かお好みのものはございますか?」

と三人にオーダーを求めるのでした。

せい子と美和さんはキョトンとしていましたが、宇宙の法則を長い間学んでいるトモキオは、すぐに注文を出しました。

「それでは、お言葉に甘えて私はアメリカンコーヒーを」

これにつられてすかさず美和さんも、

「夜中ですが、嬉しさで舞い上がっているせいか、おなかが空いてきたようです。

私は食いしん坊なものですから…」

と言い訳しながら、

「ミルフィーユケーキとお紅茶、そうそうお紅茶はミルクティーでお願いします」

と言いながらも、美和さんは「本当なのかしら?」と疑っているようでした。

「私も美和さんと同じでお願いします」

せい子が申し出ると、フィウリー総司令官が二～三秒目をつむられました。

するとすぐさまテーブルの上に、マイセン風の見るからに最高級な雰囲気の紅茶カップが五セットと、コーヒーカップが一セット、それに銀のスプーンがついて、さらにシュガーポット、そしてケーキ用のお皿が五枚も現れたではありませんか。

彼女達の驚きようといったらありません。

続いてそれぞれのカップに、まるで目に見えない給仕によって、紅茶とコーヒーが底から湧き上がるように、七分目位のところまで注がれたのでした。

トモキオが二人を見ますと、それでなくても大きな目をさらに一層見開いて凝視しています。

間髪いれずにケーキ皿の上にミルフィーユケーキが二個ずつ現れ、部屋中に高級な紅茶の香りがただよい、ただうっとりとするばかりでした。

その時フィウリー総司令官が、

「さあ皆さん、よろしければお召しあがりください。私達もご相伴《しょうばん》させていただきます」

と言い、皆に勧めました。一番最初に、美和さんがお砂糖を入れ、紅茶を一口すすりました。

「エッ、ウッソー!! こんなにおいしいもの飲んだの初めて! ヒャーッ、すごいわぁ!! まるで天国にいるみたい。せい子ちゃんもいただいて」

せい子も一口いただいて、

「本当、すご〜い!! この世のものとは思えないわ! 天国にいるような感じって、こういうことかもね」

「お気に召していただけましたか?」

と言うフィウリー総司令官に美和さんが目をまん丸にして、

「わぁ、どうしよう。こんなに素晴らしいものをいただくと、これから先、もう他のものが飲めなくなりそう!! それにこのようにお会いできるなんて夢にも思いませんでした。ね、せい子ちゃん?」

「本当! 私達なんてラッキーなんでしょう」

「私、昨晩からこちらに泊まらせてもらって本当にラッキーです。もしお邪魔していなかったら、永久にチャンスがなかったと思うと、嬉しくって、嬉しくって涙が出てきました」

と言う美和さんの両頰に大粒の涙が流れ落ちました。

フィウリー総司令官が美和さんに言いました。

「ファースト・メッセージのご本の中でも説明しましたように、すべてに偶然はなくて、深い意味と理由のもとに、すべての縁はセットされているとありましたね。

つまりあなたの内で守り、導いているエレシーニーさんが、そのようにあなたの心に働きかけ、その結果、昨日あなたは、何となくせい子さんの家に行こうかなとフッと思えたんですね」

「はい、その通りでした」

「そして迷うことなく、その心に素直に従ったということですね」

「そうです、その通りです。フッと湧いたことを、素直に行動するようにと教えられた意味が、よく理解できました」

と、はしゃいでいる美和さんを横目に、お出でになった理由は何だろうと、心配していたトモキオは待ちきれなくて、

「ところで、フィウリー総司令官、お三方でお出でくださったのは何かよんどころない事でも、起きたのでしょうか?」

「ハイ、実は一月に出版していただきました、『宇宙連合からのファースト・メッセージ』をお読みくださった方々が、あまりにも無関心の様子にお見受けできるものですから、さらに詳しい内容でのセカンド・メッセージを著していただきたいと思い、急遽《きゅうきょ》お伺いしたのです。

それには五〇年前に滅びた星の体験者、つまり地球人の兄弟でもある、ベリアス星のケリアリー様にもご同行をお願いし、ベリアス星が滅びに至った状況をお話ししてもらえば、地球の皆様も本気になって考えてくださるであろうと思ったからです。

フィウリー総司令官、地球の兄弟星からの使者を伴う

まずはお二人を紹介させていただきます。

私の左側の方は、ファースト・メッセージで五〇年前に滅びた星と申しあげた、ベリアス星で最も高い意識になられた方、ケリアリー様です」

と紹介されますと、ケリアリー様は立ち上がって、

「お初にお目にかかれたことを嬉しく感じております。私がベリアス星にいましたケリアリーです。これからも必要に応じてお会いさせていただけると思います」

ケリアリー様のお身体《からだ》全体から発する柔らかいパールホワイトの美しい光に、三人は敬虔《けいけん》な気持ちになり、

「どうぞよろしく、お願いします」

と少々かしこまって答えました。

「続きまして、右側の方も同じく皆様方の兄弟である、メリセア星のリメッシリー様です」

「初めまして、リメッシリーです。私達兄弟星は全体としての意識が高くなり、自然界との調和が素晴らしく保たれ、地球年での三千年ほど前から宇宙連合に加盟を許され、大型の宇宙船に乗って様々な星の方々と交流し、たくさんの学びと楽しみと喜びの中で生きていくことをさせていただいております。

兄弟である地球の皆様も、早くそのようになってもらいたいものだと願っております」


宇宙からお出でになった方々から、兄弟と言われてビックリしたトモキオは、

「今、兄弟とおっしゃいましたよね。星が違いますのになぜなのでしょうか？　それに皆様は地球人と同じようなお姿で、不思議な感じを受けているのですが…。リメッシリー様は、まるで地球の黄色人種のようで、ケリアリー様は白色人種のようでいらっしゃるのですが？」

トモキオは、宇宙人とはもう少し違う姿と思い込んでいたものですから、兄弟と

言われても、あくまでも宇宙に流れている一つの生命《いのち》として、という意味に取っていたのです。

トモキオのその思いを感じ取られたフィウリー総司令官が、

「あなたが不思議に思われたのはごもっともです。これには地球人の誕生とも多少関わりがあるのです。今夜はまず、そのことを知っていただきたいと思います。ところでトモキオさんは、地球人の誕生については何かご存じでしょうか?」

「いろいろな情報はありましたが、確実だと思えるものは何も持っていません」

この時、好奇心旺盛な美和さんはとても待ち切れないとばかりに、

「あのぅ、フィウリー総司令官、前の時も不思議に思ったのですが…。お部屋の窓は鍵がかかっていてぴったりと閉まっていますのに、どのようにしてお部屋にお入りになれたのでしょうか?」

と質問しました。フィウリー総司令官は、

「はい、美和さんのご質問はごもっともだと思います。まずは、このご質問からお答えしましょう。

私達宇宙連合の者は、生きる上で常に宇宙の法則のもとに、その法則に従い、それを現し生きている者であります。したがいまして、許可もなくお邪魔することは

まずいたしません。

もちろん美和さんはご存じないと思いますが、お邪魔させていただく前提には、長年にわたる交流を通して、トモキオさんから厚いご信頼をいただいているということがありますし、さらに私達宇宙連合としましても、安心してお付き合いをさせていただいているという上に成り立ってのことでもあります。

ですから、事前にある種の方法を通して打ち合わせはできていたのですよ。

彼との関係性においてはご了解いただけましたでしょうか」

「宇宙の法則」を利用できる条件

「それではあなたのご質問に、簡単ではありますがお答えします。

まずは、こちらの建物の真上あたり、といってももちろん大気圏外はるか離れた所ですが…。そのあたりで宇宙船を止め、トモキオさん流に言えば瞬間移動とでも申しましょうか、そのようにしてこちらへまいりました。

では、どのようにして引き戸も開けずに入ることができたのか。美和さんも、せい子さんも、不思議に思われたようですが、トモキオさんはご存じなのですよ。

それは、〈宇宙の法則の利用法〉とでも申しましょうか。

この〈宇宙の法則の利用法〉を使いますと、何でも必要なものは即座に叶えられるのです。

メリセア星の人々も、多くの方がそのようにおなりになりました。例えば、先ほどのように暗闇を昼間のように明るくするとか、調理済みのお料理を即座に現すとか、衣服、住居を現すとか、山も岩もすり抜けて、自分の身体《からだ》を移動するとか、身体を見えなくしたり、現したりといったこともできるのです。

この〈宇宙の法則の利用法〉の活用を許されるには、次の条件を満たしていなければなりません。

1、自分は何ものなのか、ということを深い意味で理解できること
2、良心に沿って生ききること
3、自らは愛なるものとして生ききること

そのような状態になりますと、良心の促しを行っている、生命《いのち》の意志の源からのご意志により、利用法のすべてが与えられます。

利用する目的は、『宇宙連合からのファースト・メッセージ』でも申しましたが、宇宙全体が調和された素晴らしい状態に存続されることにあります。

このようなご説明でよろしいでしょうか？」

と伺ってもサッパリわからない美和さんは、

「？？…なんだかよくわかりませんが、あなた様方のように素晴らしくなられた方に与えられるものなんだなぁ、と思いました。

このように必要な物が何でも手に入るなら、好きでもない仕事をしたり働いたり苦労することもないですね、うらやましいですねぇ」


その時の彼女達は、先々の生活の心配やら病気の心配やら、つまりお金さえ手に入れれば必要な物はなんでも揃《そろ》うという考えでしたから、労せずしてお金でもなんでも現すことができるこの方達が、非常にうらやましかったのでしょう。

その心情を察せられたフィウリー総司令官は、彼女達の気持ちに応えるために、地球の歴史から話すことにしました。

「そうですね、地球の皆様も、先ほど申しましたような三つの状態になりますと、そのようになることができるのですよ。

この理論については、トモキオさんはすでにご存じですから適当な時にでもお聞きください。

それでは、現在の地球人の歴史の軌跡について、大まかではありますがお話をさせていただきます」

人類進化の真相

「今、地球の皆様は、地球人が突然人類として発生したとはお考えにならないと思います。つまり、原始的な生命から徐々に形が変化して、今日の人類としての形を形成したとお考えになっていると思います。

ここで、私はあえて真実をお伝えしたいと思います。

この内容は多くの方から、支持されるかもしれませんが、またそれ以上の方から反論されるでしょう。しかし真実はいつの日にか伝えなければいけないと考えております。

自分が今ここに生きていること、自分と思えるこの人間は本当はどこからやってきたのか?

人間は、人間として最初から生まれてきたのだろうか?

あるいは人間になるまで人間以外の動物の進化の結果、人間になったのだろうか？

皆様はきっとこのような疑問をお持ちであろうと思います。

まずその答えを申しあげましょう。

人間は人間として生まれたと、生まれさせられたということです。決して人間以外の動物から進化したものではありません。

しかし歴史はそうではないと、お考えになられる方もいるでしょう。

あえて申しあげれば、地球人類は地球以外の他の星から、移住させられた人達が祖先であったと、そのようにお伝えしたいと思います。

なぜ、他の星から地球に来なければならなかったのか？

この広い宇宙には、地球だけに生物が生存しているのではありません。

もうすでに、そうかもしれないとお考えになっている人も多いと思いますが、実際に地球の皆様が想像できないくらいの数と、そして様々な形態を伴った知的生命体が存在しているのです。

そして、そのどこまで続くかわからない広大な宇宙の中で、あるタイミングに適した時に、その星の中で人類として多くのことを学び、たくさんの影響を与え合いながら生きていくために、ある星から、ある星へ移住していくということがあります。

それは、自分自身の意志で移ることができるのかといえば、そこは大変微妙なところです。

移住される側の星の人にとっては宇宙人ということになりますけれども、彼らがこれから移り住むであろうその星にとって、また、これから移り住もうとするその人類にとって、その両方にとって有効だと判断されたとき、その星と星の間での移動ということが発生します。

皆様が自分の意志で生まれることができなかったように、それさえももっと大いなる力と意志によって、そのようにさせられる、ということです。

地球人類の祖先が、そのようなはるか彼方――まだ知ることのできない、確認することのできないくらい遠いところにある星から移り住んできたということは、にわかに信じ難いことでしょう。

そしてこの地球上で様々な変化が起こりました。その変化とは地球自身の変化であり、その人類の変化であるということです。

もっと詳しく申しあげれば、その人類の心の変化が、その地球を様々に変化させてきたということです。つまり人類が地球の変化に影響を及ぼしてきたということです。

皆様がよくご存じの、アトランティス・ムー両大陸についても、今申しあげたことが当てはまります。

はたしてアトランティス・ムー両大陸は存在したのか？
また短い時間で滅んでしまったということが真実なのか？

と、今も皆様は一生懸命そのことを知ろうと努力をなさっています。

そのアトランティス・ムー両大陸が沈むとき、そこに住んでいた人類の多くの方が大陸と共に滅んでいきました。

しかし一部の方々は大切な役割を担《にな》って、救いにきた宇宙連合の宇宙船によって引き上げられたのです。

そして彼らはその役割を自らが知り、そしてその役割を実際に果たすために、永い永い時を経て、再び地球に人類が住むことができる状態になったときに、また宇宙船から地球上に降ろされていったのです。

そして同時に、かつてもそうであったように、他の星からも、様々なことを学ぶために、また地球人や地球に素晴らしい影響を与えていくために、地球に降ろされた者達もいました。

そしてそこでいろいろな方々が交じり合うことによって、現在地球上に存在しているような多くの人種のスタイルを現していったのです。

なぜ様々な人種が、髪の色や目の色、肌の色、ものの考え方、習慣、風習、それぞれに特徴を持って現されているのでしょうか。それは地球に異変が起こるたびに、

地球に住んでいた方々が宇宙船によって救われ、再びまた地球に降ろされるときに、他の星からの方々も同時に地球に降ろされ、そしてそこで人類として進化してきたからです。

今このようなお話を聞いて、皆様はどのようにお考えになりますか？ ご自分の祖先はどこの星からきたのだろう、ということに興味を持たれる方もいらっしゃるでしょう。自分自身の祖先に思いを向けることは、とても楽しいことかもしれませんが、皆様は今、大宇宙の中のその地球に生きているのです。生活しているのです。

過去のことに目を向けることも大切ですけれども、現在から未来に向けて、自分達のことやこの地球のこと、そして宇宙のことにできる限りの思いを向けていただいて、また興味のあるところからいろいろなことを学んでいっていただきたいと思います」

ベリアス星滅亡の真相

その時トモキオは七年前の夢の中で、アトランティス滅亡のときに宇宙連合の宇宙船に救われ、永い年月が過ぎたのちにまた地球に降ろされたことを思い出していました。

やはりそのようなことがあるのかなぁ、と思いながら質問をしました。

「ベリアス星のケリアリー様にお伺いしたいのですが、星が滅びたというのはベリアス星の爆発ですか?」

ケリアリー様がこう答えられました。

「いいえ爆発ではありません。その星は維持されました。維持されましたが、その星に住むことができなくなりました。

そのときに多くの方々が亡くなりました。しかし一部の者達は宇宙連合の宇宙船に引き上げられ、生き延びることができたのです。

そこで今回私から皆様に大切なことをお伝えしたいと思います。

実はかつて、ベリアス星と同じようなことが他の星でも起こったことがありました。その星の名はパペリア星と言います。

ある時その星が滅びることになってしまったときに、その一部の方々が宇宙連合の宇宙船に引き上げられたのです。そして不思議なことに、その宇宙船の中では、パペリア星にいた頃よりも、もっと幸せに暮らすことができたのです。

そこで学んだことは、それぞれが互いに大切にし合って生きるということでした。

それを十分に身につけることができた頃――宇宙船の中で二〇〇年くらい過ぎた頃でしょうか、とうとう他の星に移り住むことになりました。

それが私達のベリアス星とメリセア星と、もう一つの星、地球でした」


その時美和さんが、驚きの余り突然叫びました。

「エッ、本当ですか⁉ 私達とあなた様達の祖先は、一緒だっていうことですか？じゃあ、私達本当は宇宙人だってことですか⁉」

「そうです。私達は兄弟なのです。

しかし自分達の生まれ育った星を出て、違う星に移り住むということは、大変興味を持たれることではありながらも、実際に不安もあったと思われます。

しかし自分達が生まれさせられたその目的を、宇宙船の中で教育していただきましたので、心の底からその役割を十分に知り、それを発揮していこうと、強い意志を持つことができていました。きっとその思いを発揮させるための場所であったのでしょう。

それぞれが、ふさわしい星々に移り住まわれたこと、これはある意味で幸運であったと思います。地球でもそうであったように、私達ベリアス星でも様々な進化が遂げられました。肉体的な進化だけではなくて、心の進化もあったと思います。そしてまた、科学の進化は驚くべきものであったと思います。

しかし、それぞれが大切にし合うという、その役割を果たすためであったにもかかわらず、年月を重ねていくにしたがって本来の意味を失っていったと思います。

そして地球と同様に、私達の星でも様々な異変が発生してきました。今となればその様々に現れてきた異変に、もっと注意深くあるべきであったと深く反省しています。

そこで、同じ血を引く兄弟である地球の方々に、私達が体験し、そして反省し、学んだことをここでぜひ知っていただきたいと思いました。

同じ生命《いのち》が流れている兄弟として、今の地球の方々を、そして地球自身を何としても助けてさしあげたいと深く思い、この度フィウリー総司令官にお願いして、こちらに寄せていただいたのです」

トモキオは大きくうなずいて、ケリアリー様に尋ねました。

「私達が兄弟であったという理由がよくわかりました。

それでは、あなたの住んでいらしたベリアス星は残っているけれど、多くの方々が滅んでいかれ、また意識の高い方々は宇宙連合の宇宙船で救われ、そこで再びお勉強をされているのですね。

その当時のベリアス星での状況をお聞かせいただくことは、同じ血を引く地球人にとっても、とても参考になると思います。

いろいろお聞きしてもよろしいでしょうか?」

その時、フィウリー総司令官が突然お話をされました。

「お話の途中ではございますが、ここで、本日私達がこちらにまいりましたもう一つの目的をお伝えしたいと思います。

実はこれより皆様を宇宙連合の宇宙船にご招待したいと考えています。トモキオさんからは何年も前から宇宙船での体験と、意識の進化された星の方々とのお話し合いなども申し込まれていましたので…」

「ウソッ、本当ですか? 私、絶対行きた〜い。せい子ちゃんも一緒に行きましょうよ、ネ、ネ、ネ、ネ、ネ〜」

この時を逃したら二度と再びチャンスはないと思った美和さんは、それはもう必死の思いでせい子の同意を求めています。

「突然のお誘いにとても驚いていますが、ぜひお連れくださるようにお願いします」

と、せい子も緊張しながらも嬉しさの隠せない様子でした。

「そうよ、そうよ。そうでなくっちゃ。もちろんトモキオさんは賛成のはずだから、フィウリー総司令官ぜひよろしくお願いします」

美和さんはこのチャンスを逃したら、一生後悔するかもしれないと思い、何としてでも宇宙船に乗れるようにと少々あせり気味の様子です。

「ハイ、わかりました。皆様のご意見が一致したようですので、これよりあなた達とご一緒に宇宙船に戻りまして、その宇宙船の中でケリアリー様のお話の続きを伺うことにしましょう。

ではまず皆様に目を閉じていただいて、1、2、3、と私が数えました後に、ハイと手を叩きましたら目を開けてくださいね。心の準備はよろしいでしょうか。

ではまいります。目を閉じてください。1…2…3…ハイ」

Ⅱ 宇宙船へようこそ

夢のようなリゾート気分の宇宙船へ

目を開けたときの三人の様子はと言えば、ちょっと言葉では表現できないほどの驚きようでした。まるで自分達が次元を超えた別世界にタイムスリップしてしまった映画のシーンに登場してしまったかのような感覚にとらわれ、これが夢なのか、現実なのか、かなり混乱した様子でした。

さすがにいつも冷静なトモキオでさえ、今、目の前に繰り広げられている現実を受け入れるのに精一杯のようでした。

せい子と美和さんは、夢か現実かを確かめるために、自分で自分の頬をつねりながら、もう一方の手でお互いの頬を思いっきりつねり合ってみました。

「あ痛たたたた…」

「こんなに痛いっていうことは、やっぱり夢じゃないのね」

と少しずつ心も落ち着いてきて、ようやく周りに目をやることができたとき、彼らを優しく見守っているフィウリー総司令官とケリアリー様、リメッシリー様のお姿に気がつきました。

「宇宙船にようこそ。いかがですか、少しは落ち着きましたか？　まずはこちらにいらして、お茶でもどうぞお召しあがりください」

フィウリー総司令官に誘われるままに、三人は素敵なお部屋に案内されました。その部屋はガラスでできたドーム型のお部屋で、宇宙船の中とは思えませんでした。外には、美しい熱帯魚（?）達がノビノビと気持ちよさそうに泳いでいて、まるで海の中にでもいるかのようです。

せい子と美和さんはまるで、乙姫様か人魚姫にでもなったような気分で、ウットリとしてしまいました。

そして、私達が席に着くと同時に、空間から地球では見たこともないような珍しい食器がパッと現れ、今まで経験したこともないような素晴らしい香りが部屋いっぱいに広がり、気がつくとうすい水色をした飲み物が、カップに注がれていました。

我々の部屋でもそのようなことがありましたが、さすがに宇宙船の中で再現されますと感動もひとしおで、胸がいっぱいになりました。

その飲み物は、一見地球のハーブティーのように爽やかで、一口くちにすると、何と不思議なことに気分がスーッと落ち着いてきて、あたかも自分が以前からここに住んでいたのではと、思えるような気さえしてしまったほどでした。

しばらくしてさらに落ち着いてくると、何のために自分達がこの宇宙船に招待されたのかということも、ようやく思い出すことができました。

フィウリー総司令官は、ケリアリー様とリメッシリー様にちょっと目配せをしながら、

「折角ですから、他の飲み物とお菓子もご一緒にいかかでしょうか。美和さん、せい子さん、トモキオさんも遠慮をせずに召しあがってくださいね」

美和さんは待ってましたとばかりに、次に何がどこから出てくるのかと、期待で胸をワクワクさせながらジーッと目をこらしてテーブルの上を見つめています。

ところが彼女がまばたきをしたその一瞬に、食器ごとすべてが変わっていました。目の前には金色の素敵なガラスの器に飲み物と、これまた金色のガラスの大きな器に美味しそうなお菓子が色とりどりに盛られていました。美和さんは我を忘れてどれにしようかと真剣に悩みながら、結局一番美味しそうなものを口にしました。

「ウワー！　お・い・し・いー‼　どうしよう〜⁉　地球でいただいたケーキも美味しかったけれど、今いただいたお菓子の方がもっと美味しくって、本当にほっぺたが落ちてしまいそう‼」

そう言って、もう次のお菓子に手が伸びていました。

「私も生まれてきて良かったって感じ。こんな素敵なところで、この世の物とも思えない位に素晴らしい物をいただいて、幸せだわぁ〜！　地球のお友達にも持って帰ってあげたいくらい！」

せい子は本当に幸せな気分になり、友達を思いやるやさしい気持ちに満ちあふれるのでした。

「お菓子もですが、この飲み物は地球のコーヒーのような色をしていますが、今まで経験したことがない素晴らしい味ですね。何からできているのですか？」

と、トモキオは不思議な飲み物に心奪われたかのように尋ねました。

「お口に合いましたでしょうか。それはペリッテという果実の粉末をお湯で溶いたものです。穏やかな気持ちにさせてくれる効果と、さらに皆の意識が深く内に向けさせられる効果があります」

「やはり、そうですか。何となく私もそのような気がしました。私もこれを地球の友人達に持って帰ってあげたいという思いになりました。素晴らしい物がこちらにはあるのですね」

「ではそろそろ気持ちも落ち着いてきたことと思われますので、ここでケリアリー様のお話の続きを伺うことにしたいと思います。いかがでしょうか？」

三人同時に「はい、よろしくお願いします」

地球の現状とベリアス星の滅びの真相との酷似

トモキオは早速口火をきって、

「先ほどケリアリー様から、地球とベリアス星とメリセア星が、同じ血を引く兄弟星であるということと、ベリアス星が滅びるときに意識の高い方々は宇宙船に救われて、お勉強しているということを伺いました。

そこで我々地球人の参考にさせていただくために、ケリアリー様の星が滅びる前の状況と現在の地球の自然界や他の状況と比較された印象を伺いたいのですが…」

「ハイ、それではまず、スクリーンを見ていただきながら実際の状況を、ご説明させていただきます」

ケリアリー様がそう言いますと、なんと不思議なことに今まで外に見えていた、熱帯魚達が泳ぐ海の姿は一瞬に消えたかと思うと同時に、一〇〇畳もあるかと思えるほどのとてつもない大きさのスクリーンが、私達の目の前にサッと現れたのでした。

ケリアリー様は何事も無かったかのような感じでお話を続けられるのでした。

「ハイ、私達のベリアス星は地球時間で五〇年前に滅びました。現在の地球の状態を拝見いたしていますと、私達の星が滅ぶ、およそ三〇年前の姿に似かよっていると思われますし、兄弟星のせいか極めて共通点が見受けられますので、大変心配しております。今気づいていただければ間に合うと思っております」

「ではベリアス星での、三〇年位前からの気象状況、海や陸の状況、食料状況（畜産などを含めて）、教育状況、人々の心の状態について簡単にお話ししていただけますか？」

トモキオの質問に答えるかのように、ジャンボスクリーンには地球と見間違うほど、よく似た自然の姿が次々と映し出されました。そのあまりの迫力にケリアリー様のお話よりも、そちらのスクリーンに目が釘付けになってしまったものですから、それに気づかれたフィウリー総司令官はウインクしたかと思うと、いっきにスクリーンが四分の一程度に縮小されました。

ケリアリー様の話は、ベリアス星の自然環境について延々と続きました。

「ハイ、まず陸と海に分けまして、私達の星も地球と同様、大変素晴らしい自然環境であったと思います。ところが星が滅ぶ三〇年位前には、一見何の変化も見られないような海の中では、異常な変化が起こっていたということに気がつくことはできませんでした。

ただ、かつては漁獲できたものが、その時期には全く獲れなかったり、また普段とは違う正反対の場所で発見されたり、海の温度も以前よりは数度ぐらい上昇していたということです。

そして陸の近くでは、様々なものが養殖されていましたけれども、それには目に見える異変が生じていたということです。

つまり一部で食することができない状態や、また地域や種類によっては全く獲れない、育たない状態になっていたということも、もっと深く考えるべきであったと思います。

しかし海で獲れるものが少なくなっても、陸で獲れるもので補うことができる、という考えは確かにありました。

地球でも農業が発展している今日、皆様は食べることに困るということはないと考えていることでしょう。

私達ベリアス星でも、当時はそのように考えていました。どこかで、冷夏によって農作物や畜産物すべてが滅んだとしても、まだ他で補うことができる…と。

畜産物の一部に病気が発生すれば、発生した部分だけを何とかすればまだ大丈夫とも思っていました。

ところが農業には欠かすことのできない水が大変問題を大きくしてきました。それは空から降ってくる雨の中に、様々な産業が発展する、その副産物としての化学物質などが多く含まれ、その雨を汚染し、その汚染された雨が地上に降ってきたということです。

それさえも、まだその当時はあまり大きく考えることはありませんでした。そして私達の星が滅ぶおよそ二五年位前には、その地域ごとによって現す気象の変化に、さらに著しく変化が見られてきたということです。

寒いときにはさらに寒くなり、暑いときにはさらに暑くなる。またそれが逆転し、暑いときに寒くなったり寒いときに暑くなる。このように、まるで入り乱れる気象の変化が現れてきました。それによって、様々発生してくる状態が、人々の生活を大変おびやかしておりました。

常に何が起こるかわからないという不安もかなり広がったと思います。そして気象の中でも特に気温の変化は急速に上昇してまいりました。

それまでは温暖化と言っても、まだまだ余裕があると考えられていました。ところがその時点から、五年間に急激に温度が二度以上も上がってしまったのです。

それによってどういう事が発生したのかということになりますが、それは皆様も想像ができるかもしれませんが、海には氷山がありますから、その氷が溶けてきて海面が上がってきた、つまり陸地が海の中に沈んでいったということですね。

そして産業の発展の陰には、多くの自然の破壊が見られました。それは農業や漁業にもかなりの影響が見られました。またその大切な水が、生活するためにまた食物を得るために必要であったにもかかわらず、その量が大変不足してきました、そこには様々な原因が考えられます。

以前『宇宙連合からのファースト・メッセージ』の中にも書かれていましたが、科学の発達は人類の進化発展に役立つと思いますが、それと同じくらいの負の副産物を作り出しました。

自国の発展のために様々な物を作り出してきました。それにはいろいろな犠牲がはらわれたということです。

それは森林を伐採したり、河や海を汚したりして、その汚染された物を雨や食物を通してまた自分達の元に循環させてしまったということです。

そして、自分達の国だけが良ければいいという考えのもとで、皆にとって生命《いのち》の源である水を、ある一部の力のある方々が独り占めしてしまうということなどもありました。

自分達が生きるために一生懸命なときは、なかなか他の方々や、周りの国の人達にまで思いを向けることは難しかったと思います。

もう食べる物も実際に収穫できる量は、海、陸を含めて以前の三分の二程度まで減ってきてしまいました。それは驚異的なことだったと言えます。その結果、この星の至る所で飢えで亡くなる方が多く見られました。

しかしまだ飢餓や貧困に悩み苦しむ方達とは別の世界で、生きていた方達も多かったと思います。

手に入れることのできる富を独り占めにできた方々、そういう方々は至るところで飢えや貧困に苦しんでいる人達がいるということを知っていても、悲しいことに何らかの手だてをほどこしている様子は見られませんでした。

当然、その五年間で人口はおおよそ一割以上減ったと思います。その時、この世には、地球流に言う、神も仏もないのではないだろうかと、多くの方々が嘆き悲しみました。

それは深く様々な信仰を持っていたにもかかわらず、身内の人達が、病気や飢えで苦しみ亡くなっていく姿を間近に見たときに、そのように感じたのだと思います。本来、人と人はどのような生き方をしていくことが大切なのかということを、すっかり忘れてしまったのです。

自分達だけが良ければいいという考え方は、学校の教育にも現れていたと思います。

他の人よりも高い点数を取って、成績が良ければ優秀な学校に進むことができる、自分以外の人はすべてライバルだという、そういう考え方の中で育ってきたわけですから、その考えは大人達にも子供達にも共通していたと思います。

その国を構成している大人達や子供達がその考えである以上、自ずとその国が進む道、表す姿は見えていたと思います。

つまり、富や権力の奪い合いが、また考え方の違いによる争いが絶えなかったということです。今となれば、そういう時にこそ気がつくべきであったと思います。

しかし、中にはこれは大変なことだということで、様々に現れた自然界の変化を、どうしたらくい止めることができるだろうかと考え始めた方もいらしたと言えます。

「しかしその考えを持った方が、何か行動に移そうとしても、力のある方々によって押さえられてしまいました。つまり折角の思いを実際に現すことができなかったので、さらに自然破壊は進んでいきました」

ケリアリー様のお話が進むにつれて、スクリーンには様々な海や陸の姿が細かく、そしてより具体的に示されたのでした。それには、さすがののんびり屋のせい子と美和さんも、真剣に耳を傾けずにはいられませんでした。

宇宙船内で隕石衝突の危機

その時、フィウリー総司令官がお話になられました。

「では、お話の途中ですが、ここでちょっと息抜きに面白いものをお見せしましょう」

するとスクリーンには今までの自然界の姿と打って変わって、目の前に突然大きな岩の塊のようなものが、超スピードでこちらに向かってくるではありませんか。

その迫力に「ぶつかる！　あぶない！」と三人が大声で叫びながら、思わず握りこぶしに力が入ってしまったとき、スーッとその巨大な塊をかわすことができ、ホッとしたのも束の間、今度は左右から同時にさらに大きさを増した塊が、こちらを目掛けてぶつかってくるではありませんか。

「今度こそはだめだ！　ぶつかる！」と叫びながら、三人は無意識のうちに手で顔をおおい目をつむってしまいました。

恐る恐る目を開くと、何事もなかったかのようにスクリーンには静寂が戻り、遠くに美しく光輝く星々の姿が見え始めました。

「今のは何だったんですか？　私心臓が止まりそうで、今もまだこんなにドキドキしていて、冷や汗をびっしょりかいちゃいました。ンモー！　どうなっちゃってるんですか⁉」

と美和さんは、もうあまりの衝撃的な出来事にどうしたらいいのかわからずに、訳のわからないことを口走ってしまいました。

「皆さん、驚かれましたか？　あの巨大な塊は宇宙空間に無数に存在している隕石と言われているものです。今のようなことは実際に日常茶飯事の出来事なのですよ」と総司令官はとても冷静におっしゃったので、「そうなのか」と三人はなぜか素直にうなずいてしまいました。

その時、突然トモキオは尋ねました。

「では、宇宙船はどのようにして超光速で飛びながら、その隕石を避けられるのですか？　例えば隕石を避けるコースがあらかじめ設定されているとか…」

「確かにこの宇宙空間には隕石と思われるものが無数に存在していますから、疑問に思われるのも当然でしょう。地球の皆様にわかり易いようにお伝えするならば、衝突を避けるためには、ある特殊なレーダーによって自動的に回避できる装置が宇宙船には組み込まれていまして、たとえ超光速であっても避けられるようになっているのですよ。どうぞ、ご安心くださいますように」

総司令官のご説明に「そうでなくては、おちおち宇宙旅行を楽しむこともできないし、衝突しないようになっていて、本当によかった」と三人は胸をなで下ろしました。

快適な宇宙船内部の生活

「でも、もし今もそのように衝突を避けながら飛んでいるのなら、宇宙船の中では、なぜいつも、何の振動も感じることなくいられるのかなぁ？」

と、せい子に新たな疑問がわき上がり、ぽつりとつぶやいたのでした。

「はい、そのことについては宇宙船の中で暮らす場合には、とても大切なことだと思います。いつも足下《あしもと》が不安定でしたら安心して生活できないでしょうから。

わかり易く簡単にご説明いたしますと、その衝突を回避する装置が自動的に働くときに、当然宇宙船ごと上下左右と超鋭角的な動きになるのですが、その際に、宇宙船の内部では、その宇宙船が移動する方向と力の反対の方向に等価の力が自動的に瞬時に働いて、力のバランスが保たれるようになっているのです。ですから、何の揺れも感じることなくいられるのですよ」

「そうか～。復元力のようなものかなぁ？」

と漠然と二人は思ったのでした。

続いて好奇心旺盛な美和さんが質問を続けました。

「あのー、この宇宙船はどれぐらいの大きさなんですか？
何人くらいの人達が乗っているのですか？
それと、スター・ウォーズのように宇宙戦争は実際にあるのですか。
また、どのようにして防衛しているのですか？」

「はい、この宇宙船は縦が二〇キロメートル、横一〇キロメートル、高さ五キロメートルの楕円形の形をしています。そして大よそ三万人くらいの方達が乗っておりまして、まだまだ小型の部類に入ると思います。後ほど宇宙船の中をご案内したいと思いますので、楽しみにしていてくださいね。また宇宙の戦争についてですが、確かに宇宙においても、様々な考え方の違いによるところの戦争が無いわけではありません。

しかし、その戦争は宇宙連合に加入していない星と星との間で行われているものでして、宇宙連合に加入している星々の間では、戦争はありません。

なぜなら、**私共宇宙連合は宇宙全体が法則により、調和された素晴らしい状態に存続されることを目的としておりますので**、たとえ主義・主張が違うからといって、戦争をするということはありません。

ただし、戦争はいたしませんけれども、もし宇宙連合に加入していない星々から攻撃された場合に備えての防衛はしっかりといたしております。

地球でも様々な主義・主張の違いによる戦争が現在も行われているようですが、他からの攻撃よりも完全に上回るだけの防衛システムができていれば、何ら心配はいりません。

もし仮に攻撃された場合でも、その星全体を特殊なシールドで瞬時におおいつくすようなシステムが働くように組み込まれているのです。

もちろんこの宇宙船にも同じ防衛のためのシステムが組み込まれておりますので、これから宇宙のどちらに旅行をなさっても大丈夫ですので、ご安心くださいますように」

「あぁ、よかった」と三人は再び胸をなで下ろしました。

そう言えば、以前一〇万人乗りの宇宙船もあると伺っていたので、これから本当に宇宙船の中をいろいろと探検できるのかと思うと、三人はもうワクワクしてきて、ついうっかり自分達は今、何を勉強していたのかさえも忘れかけてしまうほど、大きな期待でいっぱいになりました。

ベリアス星が滅ぶ三〇年間の自然環境

「では、皆様が安心されたところで、本題に戻りたいと思いますが、よろしいでしょうか」

「はい、よろしくお願いします」三人が声を揃えて答えますと、スクリーンには再び自然界の様々な姿が映し出され、そこでケリアリー様が先ほどの続きを話し始められました。

「そしてベリアス星が滅ぶ二五年前～一五年前の間には、さらにその災害や事故や様々な病気は進み、また陸地の砂漠化がさらに一段と進み、住むことのできる土地も減りまして、その一〇年間で人口はおよそさらにまた一割減りました。

その減り方が少し一部で片寄りながら減っていったということです。それは奪い合いや争いが激しくなりますと同時に、殺し合いが進みますから、その地域は特に人口が減り、また食べる物が減ってまいりましたので、それによっても科学的な技術で生産できない所は、食料不足によって、人々は亡くなっていきました。

さらに気温は一度前後は上昇しました。人は住んでいた所を追われ、持っていた財産さえも失い、しかし生きるために陸へ陸へと移動していきました。皆様の身にそのようなことが起こったときにはどうなさるでしょうか？

そしてさらに一五年前～五年前になりますと、それでもまだ、考え方を変えることのできない方々がいらっしゃいましたので、自分達の利益を守るために、様々な奪い合いを続けられました。

その結果、また気温は三〇年前から比べますと、およそ四・五度～五度位の間に上昇をさらに進めました。気象の変化は一層激しくなり、皆が日々の生活にも不安を感じている状態がますます続いていきました。特にハリケーン、竜巻、集中豪雨、干ばつなど、以前にも増して想像を絶するような大きさとなりました。

その頻度《ひんど》も著しく、一つの災害がその地域を全滅させ、そしてやっと僅《わず》か生き残ることのできた方々が再び生活を立て直した頃、これからというときにまた違った災害に見舞われていくという、その繰り返しが続きました。

具体的には、大きなハリケーンが一つの町を全滅させたかと思えば、また隣りの町に移動しそこもさらに全滅させ、いつまでたってもその威力を増大し続け、挙げ句の果てにはある国の半分以上も、すべてを全壊させていくということが度々ありました。

そして集中豪雨が続きますと、人はもう雨はこりごりということで、降ってくる雨を恨む、憎む気持ちが増大していった方もいました。

そうしますと今度は、やっと集中豪雨が収まったと思った頃、それ以降、その地域には二度と雨が降らなくなり、干ばつ続きになりました。

また陸地が温暖化によって、どんどん海の中に沈んでいき、海面が五メートル、一〇メートル、二〇メートル、三〇メートルと上昇してまいりました。

海に近い所に住んでいた方々はもちろん生活ができなくなり、そしてさらに地震による大きな津波や様々な気象の変化によって、その災害に巻き込まれ亡くなる方も多かったということです。

そのように、様々な災害が、次々に多くの国を崩壊に向かわせていきました。

人々はこれは天災だ、どうする事もできないと嘆き悲しみましたけれども、実は、今となれば、それは人の心の有様《ありよう》に連動した人災であったということを知ることができました。

自分達の国が発展していくために自然界を破壊し、そしてその結果、様々な災害が降りかかってきたのです。自分達の行動が、結局自分達の身を滅ぼしに向かわせたということを知るまでには、本当に辛い悲しいたくさんの経験が必要だったと思います。

自分達の想像を絶する災害の大きさに、三人は思わず目をおおいたくなるような気持ちで、これから地球はどうなるのかと心から心配せずにはいられませんでした。

「そしてさらにそれが、ベリアス星が滅ぶ五年前に至りましては、その砂漠化がすでに陸地の半分ほどもおおっていました。

ではなぜ、そのような状況になっていったのでしょうか？

それは、そのような現状を考えることのできない方々の意識が、ベリアス星を変

化させていったということです。

自分達の星がどれだけ苦しんでいるのかということに、目を向けることのできなかった方がいらしたということです。

砂漠化の影響は大きく、陸地や海、河川にもいろいろな変化が見られました。地球で言われているような赤潮やエルニーニョ（?）現象、津波が多発し、また不思議な現象によって船舶の消失や大型輸送船から莫大な量の油が流出したりする事故もありました。

今まで獲れていた魚貝類なども、もうほとんど獲れなくなり、また万が一獲れたとしても汚染がひどく食することができない状態でありました。

また、ほとんどの都市が海の中に沈んでしまうような状態になりましたが、しかし一部まだ生存することのできる土地もございましたので、その中で皆がしのぎ合いながら、また争い合いながら、自分達だけ生き残ればいいという姿をそれぞれが現し合い、その結果食べ物をめぐって、また住む場所をめぐっての争いが絶えなかったということです。

人口もそれに伴ってさらに急激に減少しまして、三〇年前のおよそ半分近く、つまり五五パーセントくらいの人口になりました。

そして、科学の発達はすべて、その自然破壊を増長させていったと言えます。

また生活する上で一番大切と言われている飲み水、これは自然が破壊されるに従って、直接飲料とすることができなくなっていきました。

ついには、それこそ科学的に創り上げた水を飲まなければいけないところまで来てしまいました。

なぜならば大気汚染によって、あるいは河川や海の汚染によって、水は直接口にすることのできないほどに変化してしまったということです。

その水一つをとっても、その星がどのような状態になっているのか、ということを知る目安になると思います。

また奇々怪々《ききかいかい》な現象が多く見られました。それは動物や植物や、そして人類に至るまで、今までにない病気が発生したことです。たとえ科学が発達しているといっても、その病気を治すことはできずに、多くの者達が犠牲になりました。

そして飛んでいる飛行機やまた海にある船が、突然姿を消したかのように消失するというような現象も起きてきました。それはその事を通して皆がどのように考えるのか、ということが人類に与えられた現象であったと、今ならお伝えできます。

そしてベリアス星が滅ぶまでの二、三年間は、とても皆様に言葉でお伝えできないただけれたならば、あえて表現させていただければ、凄《すさ》まじい有様《ありよう》であったということで、阿鼻叫喚《あびきょうかん》の世界であったということです。

もし、ただ今までの私の話を地球の大勢の方達に聞いていただいたならば、〈自分達の星・地球も、これから、三〇年後にベリアス星のように滅んでしまうかもしれない〉と必ずや危機感を感じていただけることと確信しております。

地球の現在の皆様の意識や自然界の状態は、ベリアス星が滅ぶ三〇年前の姿と瓜二《うりふた》つと思えるほどに似通っているからです」

「耳をおおいたくなるようなひどい状況だったんですね～。普段何にも考えないで生きてきたこんな私でさえも、今のお話を伺って、鳥肌がたつほど怖くなりました」

「ベリアス星のお話をお聞きすると、これから地球はどうなるのだろうかと、さすがのノンビリ屋の私も背筋がぞーっとしてきて寒気を感じてきました」

美和さんとせい子は、自分たちの置かれている現状を考え、ゾッとする思いでした。

「ケリアリー様、有り難うございました。私も今まで出会った方々に、人としての生き方を互いに本気で考えていきましょうと、いろいろなお話をしてまいりましたが、只今のベリアス星の経緯《いきさつ》は、地球の方々に大変類似点があるのではと感じております、只今の映像によるご説明をヒントにして、地球の人々もいろいろと考えてくださることを期待したいと思います」

と、トモキオも言い、三人は暗く重～い気持ちになり、何をこれからどうしていったらいいのかと、頭が痛くなるような思いがしてきました。

その時、フィウリー総司令官がお声をかけてくださいました。

「さあ～、皆様一息入れましょう。気分転換もかねて、今から宇宙船の中をご案内いたしましょう」

カラフルな宇宙人達

皆一同その部屋を出てから、今度はまるでサンルームのようなポカポカとした気持ちのいい広～い廊下を歩いていますと、向こうから美しい女性と思われる方がこちらに歩いてこられました。

背丈は私達よりも少し高い位でしたが、目と髪の色はブルー色、肌は透きとおるようなピンク色で、そして同じような淡いピンクのシルクのようなドレスを身にまとっておられました。

すると、その方がフィウリー総司令官に何か話しかけられました。私達には彼らの言葉が理解できないのが残念だと思っていると、フィウリー総司令官が、

「では、皆様も他の人達の言葉が理解できるようにするために、今からお渡しする翻訳器を付けてみてはいかがでしょうか。この宇宙船にいらっしゃる他の方達も、同じような翻訳器を付けているのですよ」

　そう言われて、小さなマグネットピアスのようなものを渡してくださったので、早速耳に付けてみますと、何と不思議なことに向こうで話している宇宙人（？）達の言葉が聞こえてきて、私達のことを話している様子に思わず聞き耳を立ててしまいました。

　手前にいらした四人の宇宙人（？）達はやや小柄な方達で、少し大きめの頭はスキンヘッドで、目が大きくて瞳がピカーと金色に光っていました。

　年齢性別不詳のように見えましたが、怖いような感じはまったくなく、かえって可愛い～と思えたのは、それぞれの方達が緑、紫、オレンジ、水色のレースのフリルのついた可愛い洋服を着ていたからかもしれません。

「こんにちは～」

　と大きな声でこちらに手をふってもらえたので、私達も、

「こんにちは」

とちょっと慣れない感じで、はにかみながら答えたのでした。それは私達が宇宙人(?)達と初めて言葉を交わした貴重な体験となりました。

さらに向こうのベンチには、見るからに仲良し三人組といった感じで、楽しそうにおしゃべりに夢中になっている方達がいました。今日行われる予定のダンスパーティーのことで、話が盛り上がっているようでした。彼女達は今まで見た数少ない宇宙人達とは明らかに姿が違っていて、三人共思わずじーっと目が釘付けになってしまいました。

一人は子だぬきに似た丸顔で身体じゅうが茶色のふさふさの毛でいっぱいでしたが、花柄のワンピースとおそろいの帽子を可愛く着こなしていました。もう一人は、顔はロバのようで耳が非常に長くて背中まであり、レモン色のドレスを着ていました。首から下は人間によく似た格好をしていました。残りの一人は、つるっとした顔だちで、大きな瞳はまるでルビーのように真赤に輝いていて、白のドレスを清楚に着こなしていました。

その時、彼女達が私達に気がついてこちらをチラッと見るやいなや突然、真中の方がその長い耳をゆさゆさと振りながら、足腰を器用に動かしながら踊り始めたのってくるようでした。あとの二人も手拍子をしながら歌い始めると、こちらにもその楽しさが伝わってくるようでした。

「あなた達を歓迎するダンスなのですよ」

と総司令官がおっしゃいました。

「みんな気持ちの優しい人達なんだなぁ」

と三人は嬉しくなりました。

しばらくして、それまで気がつかなかったのですが、宇宙船の中はどこも空気が澄んでいて、特に意識するまでもなく、地球にいるときと同じように呼吸がなされていることに気づき、「先ほど会った何人かの宇宙人（？）達も呼吸しているのかなぁ」と疑問に感じてしまいました。すると、フィウリー総司令官が、

「その答えはもう少ししましたら、わかると思いますよ」

と質問する前に答えられたので、またまた驚いてしまいました。

次に案内された所は、芝生が敷きつめられた、遊園地のような広～い公園のような場所でした。そこにはたくさんの家族が楽しそうに遊んだり日向《ひなた》ぼっこをしていて、まるで地球にいるのではと勘違《かんちが》いするほど、みんなの姿、形が、地球人にそっくりで本当に驚いてしまいました。

近くの丸いテーブルの周りにある、ゆったりとした座り心地のよさそうなベンチに、それぞれ腰掛けますと、ケリアリー様がお話しになられました。

「実は今目の前にいる人達は、ベリアス星が滅びるときに宇宙船に引き上げられた方達なのです。

皆様と同じ血を引いていますので、地球の方達と間違うのも仕方ないと思います。この方達が全員ではありませんので、他の所にもおいでですから、後ほどご紹介したいと思っています。

先ほど宇宙船の、他の人達も呼吸をしているのだろうかと、疑問に思われたようですが、答えはそのとおりです。皆様と同じように肺呼吸を彼らもしているのですよ」

そうなのかと、三人がうんうんとうなずいていますと、突然に美和さんが急にうかぬ顔をして質問を始めました。

美和さんがフィウリー総司令官に尋ねました。

「フィウリー総司令官、パペリア星で人々が住むことができなくなったとき、良心に沿って生きていた人達は、宇宙船に引き上げられ、そしてそこで教育を受け、その後にベリアス星、地球、メリセア星と分散移住をしたとのお話でしたが…。様々な教えを受けたのにもかかわらず、なぜベリアス星の人々は堕落《だらく》してしまい、一方メリセア星の方々は宇宙連合に加盟ができるようにまでなられたのでしょうか？どうして、三つの星に分かれてから人々の意識は変わってしまったのでしょうか？折角救われ、長い年月をかけて教育を受けていながら、それが不思議でならないのですが…」

「ハイ、ご質問はごもっともです。まず、

①なぜお救いさせていただいたのか。また具体的に、どのような生き方をしていた人達だったのか？

②宇宙船の中で、どのような教育をさせていただいたのか？

③その教育を受けたにもかかわらずなぜ人々の意識は変わってしまったのか？

この三点についてお答えしたいと思います。

●どういう人々が宇宙船に助けられたの？

ハイ、①のなぜお救いさせていただいたのかという質問に対しては、今まで何度となくお伝えしてきましたように、様々な方々が良心の促しを感じ取ったときに、その良心に沿って素直に生きることのできた方々を、お救いさせていただきました。

具体的には、どのような生き方をしていた人達だったのかと申しますと、それは自分のことを大切にすると同じように周りの他の方々のことも大切にできる生き方をしていた方々であったり、また自然界の恵みによって生かされているということを、常々感謝をしながら生きていくことができる方々であったと言えます。

特に自然界との関わりの深い方と言えば農業や漁業に携《たずさ》わっている方々で、常に自然と向き合いながら共に日々の生活をなさってきたので、一般の方々よりもなお一層自然界について感謝の思いを持つ方も多かったと思います。

しかし中には、よその家よりももっとたくさん収穫したい、他の人達には負けられない、自分達の欲望を叶えたいという、その一心の思いの方々もいたと思います。

また空から降ってくる雨を一人占めしようと、今も水の奪い合いを通して、様々な葛藤《かっとう》をなさっている方々もいらっしゃいます。

他の船はたくさんの漁獲ができたのに、自分達はサッパリだ悔しい、何とか見返してやりたいという思いの方もいらっしゃると思います。

その方々がはたして、良心の促しに素直であったのかどうか？

以前でしたら、人手不足のために隣り近所の人達皆が協力しあって稲刈りをしなければその日のうちに終えられない、ということで、皆が仲良く助け合いながら生きていた姿もあったと思います。

はたして現在はどうなのか、ということも皆様は考えていただけると思います。また、産業が発展していない地域だからといって、馬鹿にされる方々もいるかもしれませんが、現代的な産業が発展しなくても、昔からの生き方を伝えながら皆が仲良く生きている、そういう方々もいらっしゃいました。難しいことは考えることができなくても、自然界の恵みに常に感謝をし、皆が手を取り合いながら、助け合いながら生きている方々は、皆様宇宙船に引き上げられ、そしてそこで、さらなる大切な教育を受けることとなりました。

●人は一人では生きていけないという宇宙船内の教育とは？

②その教育とは〈なぜ、人と人が互いに大切にし合い、助け合って生きていくことが重要なのか〉という意味を知ることにあります。

その答えは、結局のところ自分一人では生きていくことができないということを本当の意味で知ることであり、また皆の中に流れている生命《いのち》は同じ生命《いのち》であり、その生命《いのち》がすべての中に流れており、そしてこの自然界を作り上げているのだということを知ることであったと思います。

●欲望を押さえられない人はどうなるの？

③しかしなぜその教育を受けたにもかかわらず、人々の意識はそれぞれの星々に分かれた後に変化してしまったのか。この事を知ることは、これからの皆様にとっても大切なことだ思います。

人の意識は確かに、向上に向かって歩まれていると思います。その進み方がわずかなものであったとしても、間違いなく向上に向かっていると言えると思います。しかし人は、とても誘惑《ゆうわく》に弱い者であるとも思えます。皆様でしたら、それは昔も今も変わらないものとして理解できると思われます。

富も権力も必要ない、ただ皆が互いを大切にし合いながら、生きていくことの意味を知っていた、理解できたとしても…。ある時ちょっとしたことがきっかけで、誘惑が心に芽生えるということもあったと言えます。

そして手にしてしまった僅《わず》かの富と、それに伴う地位や名誉を一旦《いったん》手にしますと、人はもっと、もっと、もっと、もっとと欲しいものを手に入れたい、身につけたいという思いがふくれ上がってしまうということです。

何も無かった時代に、それこそ皆様でしたら、白いご飯さえ食べられなかった時代を経験した人が、ある時、お腹いっぱい白いご飯を食べることができました。

そうしますと、もっと、もっと食べたい、手に入れたいと、そのような欲望が膨《ふく》れ上がってくると思います。

慎《つつ》ましやかでも、自然の恵みに感謝しながら、お互いを労《いたわ》り合いながら、助け合いながら生きていく道を選ばれたにもかかわらず、そのちょっとしたことをきっかけに心が欲望という道を勝手に歩み始めてしまうことが、たくさんあったということです。

現在の皆様も、自分の身にそういうことが起きたならばきっとそのようであったかもしれません。

それが証拠に、もっと、もっと。もっと、もっと、と先への欲望を、皆がそれぞれの分野で膨らませていませんか。

しかし中には、自らの心を冷静な目で日々眺め、そして自分とは何ものか？ を考え、良心に沿って生き、愛を現しながら暮らす、ということを心掛けている人も実際にはいらっしゃいます。自分自身に冷静に客観的に目を向けることのできる方と、そうでない方が、二つの道に分かれさせたのだと言えると思います。しかし最初に申しあげましたように、どの道を歩まれても、そしてたとえ後ろ向きに歩いていってしまったとしても、それは向上へ向けての道を必ず歩んでいるということを申しあげたいと思います。

様々な経験を通しながら、いずれの日にかまた過去を振り返り、後悔をし、心を入れ替えて再び本来の道を歩んでいこうとなさってくださるであろうということを信じております。

皆様がこれから経験されるであろう様々に与えられた環境や条件がたとえ同じものであったとしても、その中でそれぞれの方が考え、そして歩まれる道は違ってくるのかもしれません。

その様々な経験を通して、間違いなく皆様は一歩一歩向上への道を歩んでいかれることであろうと思われます。

ですからどのような姿を現された人であっても、それを非難することはできないことで、ただ見守るだけであると思います」

さすがに総司令官のお言葉は、いつもわかりやすく説得力があって、教えられるなぁと、三人共、身の引き締まる思いがしました。

そこでせい子が続いて質問をしました。それは以前、地球のＹＵさんから機会があったときに総司令官に聞いてほしいと言われていたものでした。

フィウリー総司令官へYU君の代理質問

――宇宙はいつ頃できましたか？　広さはどの位ですか？

「ハイ、地球の現在の科学で知ることのできる範囲としまして、宇宙は百数十億年前位に、できたのではないだろうか？　と考えていらっしゃるようではございますけれども、それは現在の科学の範囲で知ることのできたものだと思いますから、それが間違いであるとは申しあげませんけれども、それよりも、もっともっと以前からということはお伝えできると思います。これから科学が発展してきますと、そういうこともどんどんとわかってくるかもしれませんね。

広さについても、ウーン、現在観測することのできる範囲として、百数十億光年（？）とかいう数字が出ているようですね。それさえも現在観測できる範囲であって、これからますますその広さは広がってくるであろうと思います。

はたしてその広さに限界があるかどうかは、まだお伝えはしないでおきましょう」

――宇宙には、意志があると聞いたことがありますが、本当ですか？

「ハイ、意志というものは、人間に備わっていると思います。

では、動物にはどうでしょうか？

そして植物にはどうでしょうか？　脳が無くても何かを感じ取ることができているかもしれませんね。

また鉱物においては、どうでしょうか？

今、私からお伝えできるとするならば、地球自身にも意志があるということです。

つまり、あなた方の星に意志があるということは、他の星々にも意志があるということですね。そして、太陽にも意志がある。つまりこれは何を意味するかと言えば、この宇宙全体に意志があるということです。ではどのようにして意志を感じ取ることが、皆様にできるでしょうか。それは、あなた方には生命《いのち》がありますね。動物にも、植物にも、鉱物にも生命《いのち》があります。生命《いのち》があるから存在しています。そしてこの宇宙にも生命《いのち》があります、ですから存在しています。

そういう意味において、すべて目に見えない生命《いのち》で、一つにつながっているということです。そういう考えを持ちますと、あるいは人間以外の他のもの達や、また宇宙にも意志があるかもしれないというように思えるかもしれませんね」

――宇宙には、過去、現在、未来がたたみこまれていると聞きましたが、本当ですか？

「ハイ、皆様は今現在を生きていらっしゃいます。過去は多分どこにも見当たりません。未来も多分現時点では知ることはできないでしょう。

しかしこのようなお話をしているときにも、すでに時は流れ、先ほどの状態は過去になり、そして未来が現在になり、どんどん時間は過ぎています。

また話を変えまして、皆様が夜空に輝く星、その光を感じ取ることができたときには、もう実際のその星自体は、どれだけ以前の姿から、つまり皆様に届いたその時点よりも、ウーンと先をいっている。つまり未来にあるということですね。

過去、現在、未来、これはあなた方のその時、時間という感覚が、感じさせているものであるということです。もしこの宇宙に、時間というものが無かったならば、どのようになるでしょうか？　過去、現在、未来、これははたして存在するでしょうか？

あなた方の意識の中にある、過去、現在、未来という、もし時の流れが無かったとしたり、あるいは時という意識が無かったとしたならば、どのようであるのか、ということを考えてご覧になると、とても面白いと思います。

過去、現在、未来がたたみこまれているという表現は、皆様にとって大変素晴らしいテーマを与えているものだと思います。

――人間は小宇宙だと聞いたことがありますが、どのようなことですか？

「ハイ、それは宇宙というものは余りにも広く、また皆様が知ることのできる範囲は限られているということにおいて、宇宙全体を知ることは難しいということですね。

それならば、宇宙の中の一つの単位として、人間、それも自分自身を一つの単位としてご覧になるとするならば、とてもわかりやすいと思われないでしょうか？

宇宙と人間は、かけ離れていると思われるかもしれませんが、この人間が宇宙の中心であり、また人間がたくさん集まって宇宙を創っているという考え方をもし持ったとしたならば、自らのこの身体を知ることができれば、またこれは宇宙を知ることにつながってくるというふうに思われないでしょうか。一つ一つの細胞が、どのような関係で成り立っているのか、それぞれの細胞が役割を十分に果していること、そして、それぞれ隣り合わせになった細胞同士が争わない姿、そこには調和された姿があり、そして調和された全体である人間が存在しているということです。

どの場所を取っても、大切な役割があるということを知ること、これ即ち、人と人とのつながり、また自然界とのつながりを学ぶためにはとても大切なことであると思います。

自分だけが良ければいいという考えは、ある一つの細胞が、自分だけが良ければ他は存在しなくてもいいという考えにもつながってきます。それは全体を不調和な状態に向かわせ、あるいは破壊する方向にも向かってまいります。

皆様は自分の身体《からだ》の中で、そのような戦い争いが発生したときに、あるいはそれが病気として感じとることがあるかもしれません。病気を伴うということはとても苦しみを伴うということですね。

それを隣りの方との関係に広げていきますと、それはまるで隣りの方と、病気の姿、苦しみの姿を現すことにもなってくると思います。

どちらかが、倒れるまで争いを続けるということは、結局は、それ全体が倒れることになってくるということですね。

自分の国だけが良ければいいという考え方はそれ即ち、地球を滅ぼすことであると思います。

そして地球が滅んでいくことは、また宇宙にその影響が広がっていくということであり、不調和が広がるということであると思います。

そのような考え方をしていきますと、宇宙を知るためには、まず自らを知り、自らの生き方、意識の持ち方を知る、という意味においては、人間は小宇宙というとらえ方もできると思います」

――宇宙飛行士の話で、宇宙空間に出るととても穏《おだ》やかになり、愛を感じると聞きましたが、どうしてですか？

「それは確かにあると思います。愛という言葉をどのようにとらえるかということによっても違ってくると思います。きっと、愛という言葉を聞かれますと、それぞれ皆様が考えるところがあると思いますけれども、どの姿も多分幸せな、穏やかな状態ではないかと思います。

皆様の中に流れている生命《いのち》、これ即ち、愛という表現を取ったとしたならば、この宇宙にすべて生命《いのち》、イコール愛が流れていると言えると思います。ですから、その宇宙に飛び立った飛行士達は、直接その生命《いのち》、つまり愛を身体全体で感じることができたのだと思います。

なぜならば、その方自身にも生命《いのち》は流れているからです。生命《いのち》と生命《いのち》の触れ合い、つまりそれは、愛と愛の触れ合いとも言えるかもしれません。

皆様が愛というその言葉をどのように感じ取るかによって、この表現は変わってくるかもしれません」

――他の星に生まれ変わることはありますか？

「それは実際にあります。地球上に生まれた方が、転生のときに、つまり見える世界から見えない世界へ、そして見えない世界から見える世界へ移動するというときに、地球自身が、皆様が生活することのできないような状態になったときには、他の地球に似た星に移動するということがあります。

それが、肉体を伴わない状態での移動、あるいは、肉体を伴った状態での移動など、いろいろ考えることはできると思いますが、それさえも、実際に体験してみなければ納得いかないという方もいると思いますので、ぜひそのようなことを体験してご覧になることを、お薦《すす》めしたいと思います。

また中には、次には人間以外の動物になるのではないだろうかと心配していらっしゃる方もおいでのようですけれども、それはございません。

人間は、人間としての道を歩みながら、そこでたくさんのことを学ぶ必要があって、そのように人間としての姿を現されたということです。

そして先ほどのように、他の星に生まれ変わることはありますけれども、その時には過去の記憶が伴うということはありませんので、皆様が地球に住んでいたということを思いだしたりすることは、多分ないであろうと思います。念のために付け加えておきます」

宇宙船内で異星人の観衆を前に対話する

やっぱり、私達は総司令官のお言葉に深くうなずいてしまうのでした。

その時せい子は、「あっ、そうだ、折角質問のお答えをいただいたのに、地球に帰ったときにYUさんに、こんなに長い文章をキッチリ間違いなくお伝えすることができるだろうか」と大変不安になってしまいました。

すると、そのせい子の気持ちを察してフィウリー総司令官は次のようにお話しされました。

「せい子さん、ご心配には及びませんよ。

きっと、あなたが地球に戻られてから、今回のことについて必ずやご本になさるときがきますから、その時に今のYUさんの質問を含む、すべての出来事を一言一句間違うことなく、スラスラと書き記すことができるようになっていますので、大丈夫ですよ」

と優しく言っていただいて、せい子はホッと胸をなで下ろしたのでした。

今までもそうですが、どうして総司令官にお話ししていただくと、いつもこのようにいろいろな不安が消えて、何だかほのぼの～とした素直な気持ちになれるのかが不思議でなりませんでした。

それはきっと、意識の高いお方から発せられる愛のエネルギーに包まれるせいではないだろうかなぁ～、と思ったりもしました。しばらくして再びケリアリー様がお話しされました。

「それでは先ほどお話ししましたように、これよりベリアス星から宇宙船に助けられた人達に、皆様をご紹介したいと思いますが、よろしいでしょうか。では、こちらへどうぞ」

と勧められる方向に続いていき、やがてドアを開けますと、そこにはまるで地球にあるようなとても立派な大コンサートホールが目の前に広がっていました。

そして、その客席にはおおよそ五〇〇〇人位の方々がもうすでに着席されており、今から始まるお話にそれぞれの方達が思いを向けられ、静かに待たれる姿がそこにありました。

先頭からフィウリー総司令官、リメッシリー様、ケリアリー様、そして私達が続いて入場しますと、ホールいっぱいにわれんばかりの拍手がおこり、先ほどから待っていた姿とは正反対に、あまりの熱気に驚くばかりでありました。全員が席につきますと、続いてケリアリー様がお話を始められました。

「本日はフィリー総司令官、並びにリメッシリー様とそして、皆と同じ血を引く兄弟星・地球からはるばるおいでくださいました、生命《いのち》の兄弟達をご紹介したいと思います。

私の右手隣りから、トモキオさん、せい子さん、美和さんのお三方です。この方達は今回初めて宇宙連合の宇宙船に乗られ、これからも様々なことをたくさん学んでいかれることになるでしょう。

そして我らの兄弟星である地球に帰られてから、その学んだことを兄弟達のために大いに発揮されていかれるであろうと期待しております。

どうぞ、皆様も生命《いのち》の兄弟達に盛大なるご声援をさしあげてくださるようにお願いいたします」

すると、先ほど入場してきたとき以上の拍手喝采《はくしゅかっさい》が、いつまでも、いつまでも続きました。今まで生きてきた人生で、これほどまでにたくさんの方達から声援をいただいたことは初めてでしたので、三人がそれぞれに心からみんなの想いに答えていきたいと、本当に強い強い決意をあらたにすることができました。

しばらくしてようやく会場が静かになり、フィウリー総司令官は、今度はトモキオに向けて、

「何かお尋ねになりたいことがございましたら、ご質問してください。あなたの疑問は、ここにいらっしゃる方達全員の疑問でもあるわけですから、皆同じ生命《いのち》の兄弟なのですから、遠慮なさらないように…」

と優しく言われたものですから、トモキオは常々考えていたことを伝えてみようと決心したのでした。

良心はどこからくるもの？

「私からは、良心の薦《すす》めとでも言いますか、良心に関することをいろいろとお話をしてくだされぱと思います。現在の社会の混沌《こんとん》とした状態をなんとかしなければと、地球のどなたもお考えになっていると思いますが、どのような物差しを持って考えたら良いのか、多くの方々も悩んでいらっしゃると思います。

フィウリー総司令官、「良心の薦め」ということをテーマとして、

＊良心はどこから来るのか

＊良心は何の目的のために、現されているのか

＊なぜ、どの人も大切なときに良心を感じとることができるのか

などいろいろな問題点をあげて、良心についてお話しをしていただきたいと思います」

トモキオの質問にフィウリー総司令官は答えます。

「まず、地球の皆様は、良心という言葉を聞かれたときに、どのように感じられるでしょうか。良い心とは、どういう心なのか、そして良心がどなたにも備わっているということはどういうことなのか、ということを共にもう少し深く考えてみましょう。

何か後ろめたいことをしたとき、本当はこうすれば良かったのに、ということはわかっていたけれどもできなかったとき、どうしてそれができなかったのか、確かに良心からの声は聞こえていたはずなのに…と、そのようなことをたびたび繰り返すことによって、どれだけの人が、どれだけのことを後悔できるのか、その後悔の量が多い分だけきっと良心に沿うことのできるときは近いのだと思います。

まず皆様に知っていただきたいことは、この良心は、どこから来ているのか、体の中のどこから来ているのかということですね。心という字がつく以上、その心がどこにあるのかということと、同じことにつながると思います。

地球上では大勢の方々が、この心が身体の中のどこにあるのか、ということを長い時間をかけて研究されてきたと思いますが、まだはっきりとした答えは得ることができていないようです。

　何か間違ったことをしたときに、心に反したことをしたときに、他の人から注意をされますと、素直に受け取ることはできませんね。けれども、それが自分の心の中の、良心からの促しであったならば、なぜか素直に後悔をしたり考えたりすることもできると思われます。

　そのように、人が人として素晴らしい道を歩むために、きっと様々なことをその良心を通して教えてくれているのだと思います。

　しかしそうは言っても、地球の方はやはりこの良心がどこから来たのかが、どうしても知りたいと思われる方も多いと思います。

　そこであえて私からお伝えするとすれば、その良心は、あなた方が生まれたその時から同時に、あなた方の意識と共に、あなた方自身を守り導くために与えられている存在があるとお伝えしたいと思います。

（『宇宙連合からのファースト・メッセージ』〔文芸社刊〕を参照してください）

　目で確認することはできませんけれども、それは間違いなくどなたにも感じ取ることのできるものであると言えます。そして自分の意識とはまた違った存在であるということ、それはどなたも経験を通して知ることもできていると思います。

地球の方達は、その見えない存在のことをどのように表現されるでしょうか？いろいろな表現はあるとは思いますが、その表現された言葉にとらわれないでいただきたいと思います。

一番大切なことは、その良心が何のためにどの人にも備《そな》わっているのかという、その目的が大切なのです。

そして、その良心に沿って常に行動が取れたときと、あるいは取れなかったとき、その時自分はどのように感じ取ることができたのか、ということを自分自身で比較しながら、やはりどのような生き方をしていったらいいのかということをそれぞれが学んでいかれるのではないかと思います。そのために皆様の人生は用意され、そして良心も共にあることをお伝えできます。

今回、皆様が生活する上で実際に、その良心と共に生きることが、どのような結果をもたらすであろうか、ということもお伝えしてまいりたいと思います。

またそのことを今どうしても、地球の皆様にも知っていただかなければいけないその時期がまいったと感じております」

人はどう生きればいいの？

トモキオはまた次のように質問してみました。

「人はどのようにして生きていったらいいのでしょうか」

フィウリー総司令官が答えます。

「まず、人はどのような生き方をしていったらいいのか、という疑問を持つことが大切だと思います。毎日の生活に忙しく時を費やしていきますと、なかなかその基本の考えるべき点に、目がいかないことが多いのではないかと思います。

しかしある時、大変な失敗をしてしまった、それは自分の不注意であったかもしれません。しかしその時、本当は心のどこかでその方法は良くないよ、人を裏切ってはいけないよ、自分に嘘《うそ》をついてはいけないよ、という良心からの声が聞こえたにもかかわらず、自分のことに思いがいき、相手のことを考えることができなかった結果、取り返しのつかないことになってしまった。なぜあの時、自分はその良心からの声に従うことができなかったのか。なぜあの時、自分は自分のことばかり考えて相手のことを考えることができなかったのか。とんでもないことをしてしまったといった反省を通して、そこから何を学ぶことができるのかということですが、それによって、これからはきっとどのようなときでも、自分にとって最も辛いときであっても、良心からの声に従おうとすることができるのではないでしょうか。

人によってはその経験がたくさん必要な方もいるかもしれません。

中には一度でコリゴリと深く深く反省できた分、次からはきっと正直に生きようとすることのできる方もいらっしゃるでしょう。

例えば普段の生活の中でも、つい、うっかり小さな嘘をついてしまった。それはきっと自分をよく見せたいためであったかもしれませんね。でもその嘘が積み重なっていきますと、どんどんと自分の心を重くしていくことになりますよね。

それはその方の良心からの促しによって、なぜか、そのご本人が後ろめたい気持ちに感じさせられるのだということですね。今まで言っていたことはすべて嘘だということを、相手の方に告白しようとすることはとても勇気のいることだと思います。

しかし良心からの声では、今ここで本当のことを言った方が心が楽になるよ、きっと相手の人もわかってくれるはずだ、という声に従うことができたときに、その方はまた一歩、人としての上達の道を歩むことになっていかれるのだと思います。

生まれてこのかた、一つの失敗もしない人はいないと思います。相手を裏切ったり、自分自身を裏切ったりとか、その失敗を通して、また同じような失敗はできるだけ繰り返さない、ということを学ぶことができると思います。その積み重ねが、『生きる』という意味の、一部分ではないかと思います。

そしてまた相手の方が、同じように失敗をされたとしても、自分自身にもそういう良心に従えない部分があったのだ、という経験をなされていれば、相手の方のことを許して差しあげることもできるのではないでしょうか。そのように私は思います。

生きる上で『良心の促し』というものは、とても大切な事を、大切な時に、必ず感じ取ることのできるものであると思います。

もし自分はそのことを感じ取ることができなかったとおっしゃる方が、いらっしゃれば、それはあまりにも自分自身の思いに気持ちが行っていたので、良心からの声を聞き取ることができなかったのだと言えます。

そして、人はどのようにして生きていったらいいのかということの問いを自分自身に向けていただくためには、まず毎日の自分の生き方がどうだったのか、ということを振り返ってみることも大切だと思いますね。

夜寝るときに、自分は今日どのようなことを考え、どのような人に、どのような思いで接していたのだろうか、ということを毎日振り返ってみることもとても大切なことだと思います。

そしてどうしたらいいのか、という悩みが発生したときとか、あるいはその答えを知りたいと思ったときには、どうぞ、自らが内にある『良心』に向けて、あなたの思いを投げかけていただきたいと思います。

今までは、良心からの訴えを受け取るだけの、受け身の立場であったとは思いますが、これからは皆様が自分の内にある良心に向けて、様々なことを問いかけるようになされれば、きっと人として生きる上での素晴らしい答えを受け取ることが必ずでき始めると思います。それは突然、フッと頭に浮かんだりすることや、また突然、良心からの声を通して知ることができたといったように、良心はあなた方に素晴らしいアドバイスを与え、そして導き、どのようにして生きていったらいいのか、という生き方さえも、教えてくれる存在であると言えます。

これを機会に、もっとあなたの内（中）にある良心と親しく生きていかれることをぜひお薦めしたいと思います」

お話が終わりますと、会場の方達みんなが「なるほど」と『良心の薦《すす》め』を再び自ら戒《いまし》めるような思いで、しっかりと肝に命じるような深い思いで聞くことができたようでした。

三人はそれぞれに、ベリアス星の方達の素直で真摯《しんし》な態度に頭の下がる思いがしました。「素直が一番」とよく言われていたのは、こういうことだったのだなぁと、彼らも知ることができたのでした。

宇宙連合はどのような所で、どのように暮らしているのですか？

次にフィウリー総司令官は、「美和さんかせい子さんにも、何か質問はありませんか」とお尋ねになりました。

そこで美和さんが、『宇宙連合』について今までもいろいろと聞きたいと思っていたことや、また地球のお友達からも質問されていたことを、勇気を出してここで全部聞いてしまおうと決心したのでした。

「あの～、私は『宇宙連合』について素朴な疑問がたくさんあるのですが、全部聞いてもいいのでしょうか？」

「ハイ、どうぞ。あなたの疑問は、地球の皆様の疑問でもあると思いますし、またこちらにいらっしゃる、ベリアス星の皆様のためにもなると思われますので、この機会になんなりと質問してくださいね」

　こんなに大勢の人達の前で、宇宙連合総司令官に直接質問させてもらえることなど、きっと今後二度ともう無いかもしれないと思い、緊張と喜びでいっぱいになりながら、それでも一つ一つ質問を思い出しながら美和さんは慎重に質問をしていきました。

「では早速ですが、宇宙連合は地球年で何年位前に創られたのですか?」

「ハイ、宇宙連合は地球年代で申しあげますと、およそ一〇〇億年以上も前に創られました。そして、その星の数ですが、それは三〇の星から始まりまして、現在に至りましては一〇〇万近くの星になっております」

　美和さんが続けます。

「私達兄弟星以外の星人(?)、つまり知的生命体の形態を一〇種位、教えてくださいませんか」

「まず、地球人類を基準にして、やや身長が大きくて、全体に手足、首、胴体が長い方から、反対に小さい方まで様々あります。

　肌は、地球人類のように、白色、黄色、黒色、以外に少し緑がかった肌色とか、ややブルーがかった肌色とか、赤味のかかった肌色などがあります。

目の色も、地球人類のような瞳の色以外に、金色、銀色、赤、紫、ピンク、黄色などがあります。また地球で言われている、カメレオンのようにいろいろな色や形に変化することのできる者達もいます。

中には、昆虫のような、例えばカマキリのようなスタイルの格好であって、足がしっかりと人間のように歩くことのできる方達もいます。

また、皆様がよくご存じの、犬のような顔、形でありながら、手足が大変発達しているのでまた高度な科学によって、たくさんの機械を操作するために相応《ふさわ》しい指先になっている方達もいます。

中には、耳が異常に発達しているために、自由な角度に動かすことのできるようになっている方達もいます。基本的には、手足を自由に使うことのできる方々が多いと思います。しかし中には、手足や、また姿さえも必要としない方々もいるということは事実です。つまり地球の皆様が時には夢に見た、透明人間のような方達も実際におります。

その他、皮膚が皆様のように比較的ツルツルした状態ではなくて、魚類のようなウロコにおおわれた方達もいますし、また、固く表面ができあがってる方達や、少しヌメヌメとした状態にある方達もいます。

また皆様が天使のように想像される軽やかで美しく、この世のものとも思えないような素晴らしい姿を現している方達もいらっしゃいます。

皆様が今申しあげたことに少し興味を持たれたのでしたら、それを描いてご覧になるとよろしいと思います。

あなた方の想像することのできる姿は、すべてこの宇宙に存在しています。しかしそのすべてが、宇宙連合に加わっているわけではございません。念のために申しあげておきますね」

「全体総会のようなこともありますか?」

「エー、そういう全体の総会というようなことはありません。ただ常に意志の疎通を行って、様々なことについて意見の交換をするということはやっております。また何か問題が発生したときには、常にその都度解決に向かうように心がけております」

「共通語はありますか? それとも翻訳器を使用されますか?」

「特に共通語はありませんが、時おり翻訳器を使うということはあります。また共通語は無くても、意志の疎通《そつう》を図ることはできます。それは、言葉ではなくて、あなた方流に言えば、テレパシーのようなものとして感じ取れる方々は大勢いらっしゃいます。

ですから実際には、そういうテレパシーでの交信や翻訳器を使用するということがあります」

「会議で、打ち合わせの議題はどのようなことがございますか？」

「特に会議は無いのですけれども、日々起きてくる様々な課題や問題はございます。それはおよそ、その様々な国や星での出来事について、特に、星自体の存続に関わるような大きな事件や、また環境などの変化については非常に関心がございます。

それはその星自身が、存続できないような方向に向かいますと、様々な影響が、この宇宙のたくさんの星々に及んでまいりますので、そのようなことについては常に気にかけていることでございます。

また以前『宇宙連合からのファースト・メッセージ』の中でも、問い合わせがございましたように、宇宙間の戦争というものも実際にございます。

しかし宇宙連合に加入している星々の間ではございません。

けれども宇宙連合に加入していない星々の方達が、どのような動き、また行動をなさろうとしているのか？　ということに常に関心を持っております。

そして必要なときには、その攻撃《こうげき》してくる方々に対しての、どのようにして防御したらいいのかということは、とても大切な課題となっております」

「連絡方法は、どのような手段で行われますか?」

「それは、実際に宇宙船で直接必要な星に訪問して、そしてそこで直接交流をする、話し合うということもありますが、それが間に合わなかったりするときには、その星々の中にもさらに意識の高い方々を通して、テレパシーによって通信するということを行っております。

しかし、テレパシー通信はある程度意識が向上された方々でなければそれは不可能でございますので、緊急のときには、そのようなこともいたします」

その時、突然せい子も質問に加わりました。

「フィウリー総司令官は、あまりの美しさに男性の方なのか、女性の方なのか?わからないのですが…」

「ハイ、私は地球人流に申しあげますと、少し驚かれるかもしれませんが、男性でも女性でもございません」

「エッー、どういうことですか?　男性でも、女性でもないということは、理解の範囲を越えてしまって…」

せい子と美和さんは目をまん丸にして顔を見合わせ、息が止まるほど驚いてしまい、トモキオはといえば涼しい顔しているし、訳がわからない気持ちでいっぱいになってしまいました。そこでフィウリー総司令官が、

「そうですね、皆様に理解していただけるかどうかわかりませんが、ある時には女性の姿に、またある時には男性の姿にと、その時の状況で変化することができるのです。

もちろん姿を消した透明人間にもなれるのですよ。それは宇宙の法則の利用法を使いますと、そのようになれるのですよ」

しかし、せい子と美和さんには、今のお話は全く理解できませんでした。

それでもせい子は、気をとりなおして質問を続けました。

「フィウリー総司令官はどのようなお仕事が専門でいらっしゃいますか、例えば軍事面とか、いろいろございましょうが？」

「エー、どのような仕事かということですね。皆様は役職が上の方に対しては、どのようなお気持ちをお持ちになるでしょうか？

例えば、総司令官というと、〈大変こわい人〉、〈たいへん偉い人〉と思われるかもしれませんが、私は様々に起きる問題を話し合う際に判断に困るという場合に少

し相談にのります。

宇宙連合では、それぞれの方がそれぞれの考えのもとに自立していらっしゃいますので、特に私が何かを指示したりするということはございません。ですから余程のことでもなければ、私の仕事は特に発生してまいりません。

ですから、すべての出来事に関心は持っておりますが、直接そのことに触れるということは、余程のことでなければございません」


美和さんが聞きました。

「私は食いしん坊ですから、食べ物のことをお聞きしたいのですが、日常どのような物を召し上がりますか？　失礼とは存じますが、やはりお年のことも伺いたいのですが、それから、住まいとか、お衣装とかにスゴーク興味があるのですが…？」

「地球にございます果物のような物をいただくことはあります、しかし特に毎日何かを食べなければいけないということはありません。年齢のことですかウ～ン、地球の年齢で言いますとウーン、大変難しいですね、あまり驚かしてもいけないと思いますが、およそ一億歳と申しあげておきましょうか。

衣装は好みにより、いろいろな物を身につけます。私が好むスタイルは、只今ご覧のように全体を軽くおおい、ゆったりとしたものです。

実は住居と言っても、特に定まったものではなくて、普段は宇宙船に乗って、マ、気ままにと言いますか、必要な所に、直接出向いたりしながら、旅行がてら時折仕事などもさせていただきながら、様々な皆様の暮らし振りを、拝見させていただいておりますので、ほとんどそのようなスタイルの過ごし方をしております」

「地球の人々の心の状態とか、気象、河川、海、陸地の状況は、どのようにして観察されていますか？　地球人の意識はすべて調べてあると、何かのときに聞いたことがあるように思いますが」

「ハイ、実は私達はすべての生命《いのち》を持ったもの達と、意識の交信をすることができます。

地球のあらゆる人々や、動物や植物、鉱物など、すべてに生命《いのち》が存在していますから、その生命《いのち》との交信を通して、皆様の考え方なども知ることはできております。また、海や陸地の状態なども、生命《いのち》を通して状況を知ることができるわけです。あるいは特別な機械を通して知ることのできる場合などもあります。

もちろん私以外にもそのようにできる方達は大勢いらっしゃいますので、その両方を通してそれぞれの星々の状況を知ることになります」

「私達の日本語は、どのようにしてマスターされたのですか?」

「ハイ、それも先ほどのお話のように、それぞれの生命《いのち》との交信によって、直接知ることができるわけです。また時には、特別な翻訳器を使用しながらお話をする場合などもございます」

「フィウリー総司令官の星はなんという名前ですか?　地球より光速で何光年位の所にあるのですか」

「私の星ですか?　実は私の星は、エー、特に無いということです。これはどういうことかと言いますと、先ほども申しあげましたけれども、様々な星に、宇宙船で訪問することはございますけれども、実際にある星で生活をするということはなくて、一定期間が過ぎますと、また違う星に移動しますので、特に私の星はございません。

　しかし、ではどこで生まれたのか、ということが気になると思いますが、それは地球よりおよそ二〇〇億光年ほど離れたところにございます」

せい子が聞きました。

「そこでの政治、経済体制は、どのようになっていますか？」

「その二〇〇億光年位離れた星での政治、経済というものは、その星の中でそれぞれの国に特に分かれているということはありませんので、地球の方が考えるような、様々な摩擦《まさつ》とか、行き違いというものは特にございません。

その考え方が、損得を基準としてのものではありませんので、いわば利害関係のない、愛に満ちた家族が共に暮らすような状態、それはまるで国を越えた、全体が一つの家族のような状態でございますから、地球の方が考えられるような、様々な複雑な制度とかも全く必要ございません。

すべての物事がとてもスムーズに運び、トラブルが発生することもございません。なぜならば、一つの家族としての皆を大切にし合うという愛が基本にあるからです」

美和さんが質問しました。

「信仰、宗教はどうなっていますか？　また意識の状態はどうなっていますか？」

「あえて、信仰、宗教と申しあげれば、自分を大切にすると同時に、相手も大切にするということ。相手と自分が同時に大切であり、そして両方にとって常に何が良い事なのか、ということを考えながら生きていくことではないかと思っております。

ですから、ご質問における意識の状態としましては、皆様が想像される中でも、特に理想とする状態、決して争いや戦争は発生することの無い状態と言えると思います。

そこには奪い合いは無くて、お互いを大切にし尊敬し合うことのできる意識の状態があるからです。自分が大切であるということは、その家族はすべて同じく大切であるということですね。

ですから人類だけでなく、生きているものすべてが大切だという考え方です。

そして、常に周りの環境をどのようにして素晴らしい方向に向かわせたらいいのか、ということを意識している状態とも言えると思います」

「もちろんそういう方々はどなたも、病気をする必要は無いと思いますが、先ほどのお話のように、もうすでに死という形もなく、つまり必要な時に身体を現されたり、透明の意識体にもなったりと、これらが自由に行われるということですか？」

「ハイ、そういう意識の状態になりますと、病気をする必要はもう全くないということですね。

いつの日か病気はなぜ必要なのかということを、地球の皆様も本当の意味を知ることは、大切ではないかと思います。病気は必要があって表されているということですね。必要が無くなれば病気はもう発生しないということです。

それはまた別のときに、必要なときにお話をさせていただくことになると思います。

また同時に肉体というものも、本当は必要があるから表されているということですね。必要がなければ肉体を伴わなくてもいい、ということです。しかし時にはまた必要になってくるときもあるわけですね。

肉体を現さなければ、お話を直接するということもできないわけです。そういう意味で肉体が必要ということもありますね。

皆様は、ただ漠然《ばくぜん》と肉体を伴っていらっしゃる方も、いると思います。この肉体は何のために現されているのか？　ということを、いつの日かきっと意識していただくことのできるときが必ずやってくると思います。その時初めて、その今生かされている本当の深い意味を知り、そしてその大切な目的を果たそうとなさることのできるときが来るのだと思います。

私達も時と場合に応じて、肉体を現すときもありますし、また肉体を伴わなくてもいいときには、肉体を伴わない状態で活動をするということもございます。

皆様には少し理解し難いところは、あるとは思いますけれども。あなたがたの考えの中にも、透明人間という考えがもしあったとすれば、そういう状態もあるのだなぁ～ということを知っていただきたいと思います。

ただ透明人間体になるためには、様々な経験を積むことも必要だと思います。

まずは、今肉体を伴っている、あなた方自身が何のために肉体を伴っているのかということを、一日も早く知っていただきたいと心から願っております」


美和さんの質問はとても素朴なものだったので、ベリアス星の方達は好感を持たれたようでした。

今となれば、そのどれも理解することができていることではありましたが、彼らも最初は、美和さんがなされたような疑問を感じていたからでした。

続いてせい子の順番になりました。せい子は、地球で様々な人達が不安に思っていることや、悩んでいることについて、具体的にいろいろと聞いてみたいと思いました。

そしてまた、このような地球人達の悩みや不安について、ベリアス星の人達は、どう思われているのかも興味がありました。

「どうすれば、先への生活の不安を無くして、生きる希望を持つことができるのでしょうか？」

「ハイ、どの方も先への生活の不安を、お持ちであるかもしれませんね。それは、人が生きる上で先がわからないから、自分の健康やまた経済上なんらかのトラブルが起きてくるかもしれないという不安が生まれます。きっとこの不安は地球上の人類すべてがお持ちなのではないでしょうか？

どなたかの言葉に、『明日のことを思い患《わずら》うことなかれ』ということがあるようですが、どうしても地球の方は、明日のことを思い患ってしまうが故に、悩んでいるということですね。

しかし、明日という日がどこにあるのか？

また地球に明日はやって来るのか？

ということを知ることのできる人は、どなたもいらっしゃらないと申しあげることができます。

夜眠るとき、多分、明日もまたあるだろうと予想をされるかもしれませんが、その予想がはずれる方も中にはいらっしゃるわけですね。

でもほとんどの方が、その予想したとおり翌日目を覚ましますね。

そうすればまた一日が始まるということで、その素朴な悩みさえも、また忙しい一日を繰り返すことによって、忘れがちになるのではないかとも思います。

しかしなぜか時々、先への不安を感じてしまうわけですね。

人は、何かに熱中していたり、人は、何かのとりこになっていたり、やる事がたくさんありますと、明日のことなどに思いがいくこともできないし、またそれほど

時間が過ぎるのは早いものです。中には、明日が来なければいいのにと思う方もいらっしゃると思いますね。

人は心が満足しているときには、様々な不安さえも感じることなく、今やるべきことに突き進むことができますが、心が不満足な状態にあるときには、どうしても細やかなことからでも不安は大きくなってくることが多いようですね。

生き甲斐の見つからない方へ

そこで、自分のやりたいこと、生き甲斐《がい》が見つからないという方には、一つここでお薦めしたいことがあります。

活き活きと生きていらっしゃる人をうらやましいとか、才能を発揮して生きていらっしゃる人をうらやましいとか思う気持ちは確かにどの方にもあるとは思いますが、ただ周りの方をうらやましく思うだけではなくて、自分には自分に相応《ふさわ》しい生き方があるのだということを、まず知ることが大切だと思います。

自分の生き方を見つけることができないときは、外にばかり目をやるのではなくて、まず自分の心の中に目を向けていただきたいと思います。

自分にはどのような生きる道が用意されているのか、自分に相応しい道はどのような道なのかということを知りたいと強く願い、そして自分の中にある良心に、声をかけてみてください。もしハッキリとした声が聞こえなかったとしても、何かフッと、こんな事もいいのではないだろうかとか、こういう事をやったら面白いのではないだろうかとか、アッ、自分もこういう生き方をしてみようとか、何気なく思えたことなど、そのように思えたことさえも良心からの促しであると言えます。

その、何気なく思えたその事をまずやってみること、そして行動に移すことによって、今まで体験したことのないようなことさえも経験するかもしれませんね。どなたも、最初から自分の生きる道がわかっている人はいらっしゃいませんよね。

しかし、その良心からの促しとも言える、フッと感ずることのできた、思えたことに素直に従って、そして行動を取ることによって、その中から自分に最も適した生き方を見つけ出すことのできる方がいらっしゃると言えます。そういう方こそが活き活きと生き甲斐を持って、生きていくことのできる方達であると、言えると思います。

それによって心が満足された状態、その状態の中からは先への不安というものは多分ほとんど感じ取ることはできないと思います。

なぜならば、一生懸命何かに打ち込んでいるからです。その打ち込むものをまず見つけ出すことが大切だと思います。

その良心の促しに素直に沿えた方は、きっと生き甲斐を見い出すこともできて、そして先への不安も感じないような素晴らしい生き方ができてくると、そのようにお伝えできます。

今こそ、外に向けられていたあなた方の目を、ぜひ自分自身の内に向けていただきたいと思います」

良心から見た政治、経済、戦争

「地球の国々の政治、経済および戦争は良心から見れば、どのようであるべきでしょうか。様々な角度から教えてください、そして良心を無視すれば、これからどのようになるのでしょうか?」

「ハイ、地球上のすべての方が、この良心に従って、生きていくことができるその日を楽しみにしております。今様々な国々で繰り広げられている戦争は、どこに原因があるのでしょうか?

また武力を使わない経済戦争というものもありますね。

それは実際に戦争の姿が目に見えないだけに、自らが行っているその戦争の実体さえも、当事者達が知ることができないほどに、大きく深く広がっているという、そういうことに気づくことができるでしょうか？

多くの方が自らの利益のためにとか、自らの国益のためにする様々な行いは、すべて相手を犠牲にし、その上に自分達の幸せを築こうとしていることですよね。その姿は、はかないものであると思われないでしょうか。

なぜならば、たとえ一時《いっとき》そのような幸せを手に入れたとしても、また他の方がその座を奪うことになるであろうと思えるからです。そのような繰り返しをいつまで続けるのかわかりませんが、そのことを通して気がつくときがいつ来るのか、ということだと思いますね。

きっとその方々一人一人の良心からの促しはあったと思いますが、しかし自分の心がそれを受け入れることができない状態にあったからこそ、人を犠牲にし、そして自らが助かり、富を得ようとすることができたのかもしれませんね。

例えばその様々な争いのリーダー達が心を入れかえて、皆が幸せになる道を考えたとしたならば、どれだけ、その世界は素晴らしく変化することができることでしょうか？　地球上の多くの民族、国家は、一見そのリーダーの考え方に従っているように見えますが、実はその民族、国家は多くの個人が集まった上でのものである、ということをよくわかっていただければ、やはり、一人一人の単位で、個人個人が、自分達はどうであったらいいのか、ということを真剣に考え、そして自分達のことだけではなくて、相手の人達のことを、ほぼ同時に考えることがお互いにできたときに、やがて私達が望むような時がきっとやって来るのだと思います。

世界平和を唱えることはとても大切なことと思いますが、いつの日にか、その個人個人の思いが、常に自分と相手と両方を同じように考えていくことができたときに、本当の意味での世界平和がやって来るのだろうと思います。

その時とは、それぞれの方が自分の良心の声に耳を傾け、それに従うことができた〈その時〉だと思います。

その時が来るまでは、地球上ではたくさんの方々が苦しみ、悩み、もうこれ以上進んでいけば、相手を滅ぼすことができたとしても、自らも滅んでしまうのだ、ということを知ることができるまで、残念ながらこのような争いは、続けられていくのかもしれませんね。しかし一部の方であっても、自分の内にある良心からの促しに従うことのできた方は勇気を出して、自分にできることを現していっていただきたいと願っております。

その数が少しずつ増えることによって、またその思いが、多くの方に波及するということもあるのです。

結局のところ地球上の平和は、個人個人の生き方が変化していくことによって、最終的に得ることのできるものだと思います。

地道な道程《みちのり》かもしれませんが、必ずその思いは周りの多くの方に影響を与えていきますので、私達も陰ながら精一杯応援させていただきたいと思っております」

家庭生活のあり方について

「家庭生活について、良心からみれば、どのようであるべきでしょうか。良心を無視すれば、どのようになるのでしょうか。

特に家庭生活の中において

①夫と妻のあり方

②親と子供のあり方

③姑と嫁のあり方について教えてください」

「ハイ、まず、

①夫と妻のあり方について

もともと、それぞれ違う環境で生きてきた者同士が一緒に生活を始めるということそれ自体が、学ぶ上でとても大きなチャンスだと思います。

まず、何を学ぶのかといえば、それは、自分と違う考え方、生き方をしている人がいるということを、目の前で見たり経験したりすることによって、お互いがどのようにして認め合い、生きていくことができるかということです。

相手の方を非難することは簡単ですけれども、それではお互いの接点を見いだすことはできません。

あかの他人同士であって気に入らない者同士であれば、付き合わなければ済んでしまうことですが、一緒に生活をしているということになれば、そういうわけにもいきませんよね。

そこには本当にお互いが認め合うことができるのかどうか、ということを学ぶ大きなチャンスがあると思いますよ。

どの人も、自分の好みにあった環境で生きていきたいと思われることでしょうが、しかし世の中はそういうわけにもいきませんよね。

自分の考えを認めてもらいたいと思っても、認めてもらうことができない間柄は、それはとても苦しい状態と言えると思います。

自分の要求を相手の方に突きつけるだけではなくて、まず相手の要求を飲んであげることも大切だと思いませんか。

それは、自分が相手の立場に立って考えてみて、そういうこともできるかもしれないと思うことです。妥協するのではなくてお互いが譲り合うということです。

つまりそれは、認め合うということが基本にあるということですね。内なる良心より、いつまでも自分の我を押し通していてもいけないよとか、もうそろそろ相手の言うことも聞いてあげた方がいいのではとか、自分が悪かったと頭を下げる勇気を出そうとか、その時いろいろな良心からの声が聞こえたならば、ぜひその声に素直に従ってみることをお薦めします。

お互いが非難合戦をした末に、どういうことを結果として得ることができるのでしょうか？　非難をし合う関係においては何も得ることはできませんよね。

それはただ自分の心を汚すだけであると言えますね。やはりお互いが認め合うこと、その関係においてのみ平和が訪れるのだと思います。

そういう時にも必ず、あなたの内からの良心の促しに従ってみていただくことを、ぜひお薦めしたいと思います。

いつまでも、その良心からの声を無視していますと、取り返しのつかない大変な状態にまで発展してまいります。

例えば、夫であればこういうことをして当たり前、家族のためにこうあって欲しいという望みや、妻であるならばこうでなければいけないとか、こうあるべきだとか、そういう考え方はお互いに自分の考えを相手に押しつけているだけであるということを知ることができたときに、初めて本来の素晴らしい関係を持つことができると思います。

②親と子供のあり方について

同様に、子供はこうあるべきであるとか、こういう生き方をしなさいとか、そういう親の要求を常に子供に向けるだけではなくて、子供が一人の人間として、素晴らしい生き方をしていくためのアドバイスを、どのように与えてあげたらいいのだろうか、という子供の立場に立って考えていかれることをお薦めします。

また子供も、自分達を育てるために一生懸命働いてくれている親に対しての感謝を、どのような形で現すことができるのだろうか、ということを考えることも大切だと思います。

お互いがお互いを労わり合い、思いを尽くし合える関係が持てたときに、お互いが本当に素晴らしい状態を経験することができると思います。

自分のことばかり考えているときに、もしも自分が子供だったらどうして欲しいのだろうかと、相手のことも少し考えてみましょう。その時フッと相手の話をもっと聞いてみたら、という良心からの促しを感じとることができたら、勇気を出して行動に移してみましょう。

必ずやその勇気ある行動は、素晴らしい結果をもたらすであろうということをお伝えできると思います。

親子という深い関係を通して、また立場を超えて、お互いに相手を思いやる、素晴らしい心を学ぶためのものであると、一方では言えると思います。

③嫁、姑の関係

永遠の問題となっている嫁・姑の問題についてです。

嫁はこうであらねばならない、自分達を尊敬し夫を立てて、嫁らしく振る舞って欲しい、という思いはある意味でむなしいものかもしれませんね。

それは勝手に描いた、自分に都合のいい要求だからです。

また嫁の立場からすれば、姑は優しくあって欲しい、自分達の生き方を認めて欲しいという希望もあると思いますが、しかし、これもまた嫁にとって都合のいいものである以上、お互いがお互いの立場を譲り合うことができない以上、この問題はなかなか解決に向かうことが難しいと思います。

できることならば、手の施しようのないところまで複雑な状態になってしまわない前に、お互いがお互いを認め合うことができるようになっていただければ、大変素晴らしいと思います。

そのためには、やはり自分のことを考えると同時に、相手の立場も考えてみることが一番大切なことだと思います。

自分が相手の立場であったならば、どういうふうなことを望んでいるのかということを知ることができれば、素直にその事を現してみる、それは良心の促しを最も受けやすい状態だと思います。

なぜならば相手のことを思うこと自体が、もうすでに思いやりを現しているからだと思います。その思いやりを持った上で、相手にとっていい方法を考えようとしたときに、必ずその素晴らしい答えを、良心からフッと感じ取ることができると思います。

そのように、良心は相手のために何とかしたいという気持ちが持てたときに、素晴らしいアイデアを与えてくれます。それはその事を通して本人が、また「愛」に目覚めていただくことを望んでいるからです。

たとえ一度は憎しみあった者同士であったとしても、心を入れ替え、反省し、こんな生き方では駄目《だめ》だなと思えたときから、本当の思いを良心を通して感じ取ることができるのだとお伝えできます。

憎しみ合っている者同士が、どのようにして相手のことを思うことができるのかという疑問はあると思いますが、この憎しみ合いの中にあってさえも、良心からの促しは常にあると言えます。

フッとその促しを感じ取ることができたときに、見逃すことなく、素直に良心に沿っていただきさえすれば、たとえ憎しみ合った者同士であったとしても、ある時、必ずや相手のことを思いやることができる状態におなりになれるとお伝えできます。

またそういう時だからこそ、必ず良心は強い促しを行っているということです。

その方が、人として素晴らしい道を歩んでいただくために、最も大切なときに必ず良心の促しは強力になされているとも言えます。

人は道に迷ったときにこそ、その歩む道標《みちしるべ》を探しているのだと言えます。

その道標が、『良心』であるとハッキリとお伝えできます。だからこそ、様々な悩みや苦しみの中でどうしていいかわからなくなった時こそ、自らが生きる道標を、自らの良心を通して感じ取っていっていただきたいと願うばかりでございます。

なぜならば、良心は人が生きる上での物差しであるということだからです。

どなたにも良心がありますね。一日も早く『生きる物差し』を見つけていただきたいと思います」

勝手に産んだ親になぜ感謝しなければいけないの？

せい子が聞きました。

「先ほど、子供も一生懸命働いて育ててくれている親に感謝を表すというお話でしたが、あるお子様は、頼んで生まれてきたわけではないので、勝手に産んだ親が養うのは当然だ。なぜ、親に感謝をしなければいけないのか納得できないとお話をしていましたが、夫婦間、嫁姑間、社会と自分の関係においても、どのようであれば感謝を感じ取ることができるのでしょうか？　子供にも大人の方々にもわかり易く教えてください」

「子供が親に対して感謝の気持ちを持つことができない、その意味がわからないということには、とても深い意味があると思います。

自分の意志で生まれてきたわけではないのだから、勝手に産んだ親には育てる責任があるということだと思いますが。

では実際に親の意志で、子供を産むことができたのでしょうか？

ただ漠然と子供が欲しいと望まれたかもしれませんが、いつどのような姿の、どのような個性を持った子供を産もうとして、はたしてその思い通りに実現できるのでしょうか？

まるで親の意志によって子供が生まれたと、ほとんどの方は考えられるのでしょうけれども、はたして本当にそうなのでしょうか？

親である方も自分がどういう意識の状態で、子供を産もうとしたのかということを、改めて思い出していただきたいと思います。

人がこの世に誕生するということ、そこには親の意志を超えたところでの、もっと大きな力が働いているのではないだろうかと、そのように思えてなりません。

それは人類に限らず、地球が、そして宇宙が、すべてが創りだされた、その大きな力と通じるものがあるのではないだろうかと思えてなりません。

人はどうしても、身近なところでの親に対する思いを様々に持たれるとは思いますが、今こそ、この子供さんからの質問について、皆で一緒に考えてみようではありませんか。

結局のところ親も子供も、どの人も、宇宙の中に存在する一人として、その宇宙を創りだした存在からの思いによって産まれさせられたのではないでしょうか。

この大きな課題は、考えれば考えるほど、さらに深まっていくものと思います。

今すぐに答えを出すということは、とても難しいことかもしれませんね。

そこで、私からの提案は、自分が生まれてくるときに何らかの意志が働いたとしても、それは決して親の意志であったとは言えないということです。

一人の人間として生まれて、親子という関係を離れて自分が生きていく上で、助けてくれた存在があったということを、まず認めることが大切ではないかと思います。

人によっては何らかの理由で、親に育ててもらう代わりに、他の方にお世話になるということもありますね。

心を素直に持ちますと、そのお世話になった方に、「自分を育ててくれて有り難う。食べ物や、着る物、住む場所を与えてくれて有り難う」という感謝の思いは、自然と湧き上がってくる思いではないかと思います。

自分が望んで産まれてきたのではないとか、産んで欲しくなかったとか、自分で両親を選びたかったとか、いろいろな思いはあったとしても、それはいくら不平不満をつのらせても決して答えの出るものではありませんね。

ただ人によっては、その不平不満を、いつまでも持ち続けたいという人も中にはいらっしゃるでしょう。

しかし可愛い子猫を育てるときとか、また可愛い子犬を育てるときに、素直な気持ちで何とか世話をしてあげたい可愛いがってあげたい、という気持ちを持てたときに、きっと本来の優しい素直な心を取り戻すことができるのだと思います。

人は相手の方から与えてもらうばかり、世話をしてもらうばかりの受け身の立場にいるときは、やってもらって当たり前という気持ちのままでいる方が多いようですけれども、また自分が反対に、どなたかの世話をしてあげたり、何かを可愛いがってあげたりするという経験をなさいますと、本当に心から人を大切に思ったり、動物を愛しいと思えたりするのかもしれませんね。

親に対して「感謝」の心を持つことのできない方も、きっといつの日にか、またその親の立場を経験したときに、改めて自分の親に対して、有難かったなぁ〜と、心からの感謝の気持ちを持つことのできる日がやって来るのではないかとは思います。できればそこまで待たなくても、一日でも早くその素直な心を取り戻してさえいただければ、感謝の思いを持つことのできる日は、必ずやって来ると思います。

人から世話をしてもらう立場だけではなくて、自らが誰かの世話をするということを経験されることも、ぜひお薦めしたいと思います。

そこからきっと、また今とは違う思いを持つことができ始めるのではないかと思います。

また夫婦、嫁姑、社会と自分の関係においても、感謝を感じ取る、知ることができるにはどうすればいいのかとのご質問ですが、人と人との社会が存在するためには、まず自然界とその元になる地球がなければならないということを、知ることではないでしょうか。

人はどうしても目先のことに目をやりがちで、自分の周りの方々に常に気持ちがいってしまい、不平不満や非難、愚痴をこぼしてしまいます。

けれども、もう少し目を大きく開いていただいて、自分達が生きていくためには、自然界が、そしてその地球があって、初めて生きていけるのだということを本当に知ることができたときに、たくさんのもの達に生かされているということを知ることができると思います。

そして太陽、地球、空気、水、動物、植物、あらゆるもの達によって生かされていること、それも相手は不平不満を言うどころか、自らを自分達に与えてくれているということを深く考えることによって、本当に助けられているんだなぁ〜、生かされているんだなぁ〜、ということを感じ取ることができると思います。

その自然界へのその思いは、感謝となり、その感謝の心を持ちながら生きていかれますと、実際の人間社会においていろいろな方との出会いの中で、それぞれの方を通して、自分は守られているんだなぁ～、助けられているんだなぁ～ということをさらに感じ取ることができ始めると思いますね。

人は、自分一人で生きていくことはできませんね。しかし往々にしてそのことを忘れがちでないかと思います。その忘れた結果が、感謝という心を持つことができないという形となって表れてくると思います。

自分が生きるために、自然界そしてその地球が用意され、そして大勢の関わり合いの中からたくさんのことを学び、生かされている、助けられているということに気づくときに、本当の意味で、すべてに対して感謝の思いを持つことができ始めるのだと思いますよ。

『感謝』という言葉を通して、皆様がいろいろと普段思っていること、考えていることを、述べ合うということはとても大切なことだと思います。

正直に自分の心を表現できるということは大変素晴らしいことだと思います。

その素直な思いが子供さんの口を通して大人達に大きな課題を投げかけたのだと、そのように受け取ることもできると思います。

人がより成長していく上で、どれだけ感謝の心を持つことができたのかということとを、多方面から考えていただくこともとても大切なことだと思いますね」

地球人の損得勘定は宇宙の法則ではどう評価されるのだろう

「次の質問ですが、私達の周りには他の人に損をさせて、自分が得をすることばかり考える人が最近多いように思えますが、宇宙の法則から見るといかがですか」

「そうですね。まずそれには、宇宙の法則とは何かということを知ることが大切だと思います。そこで例え話として、『花と蜜蜂』の話をしましょう。

ある所に美しいお花が咲いていました。そこへ蜜蜂がやって来て、その美味しい蜜をたっぷりといただきました。

蜜蜂は『しめしめ』と喜びながら自分だけ得をして、お返しとしての受粉という作業もせずに、その場をとっとと立ち去ってしまいました。

翌年になりまして、あの美味しい蜜が忘れられなくて、また同じ場所にやって来ました。ところがどこを探しても、その美しいお花が見つかりません。『おかしいなぁ〜、どうしたんだろう』と思っているうちに、何も食べることができずにお腹が空いてしまい、ついに死んでしまったということです。

相手から何かをいただいたとき、自分にできるお返しをしなければ、結局自分自身も生きていけなかったという例え話です。

自然界は互いに助け合う、生かし合う、そういう関係で成り立っております。つまり本来の調和ある自然界の姿こそが、宇宙の法則と言えます。人と人の関係においても、この『花と蜜蜂』の例え話に当てはめることができると思います。

他の人に損をさせて自分が得をするということは、自分にとっては、あるいは喜

びなのかもしれませんが、相手の立場から考えますと、利用されたということになり、相手を恨むことになってくるのではありませんか。

いつも自分だけが良ければいいという考え方をしておりますと、どんどん周りの方と隔たりができ、いろいろな反感をかったりして、ついには完全に無視されてしまうということにもなりますね。

そして何か困ったことがあっても、今まで人を助けるということをなさっていなかったわけですから、当然助けられるということもありません。そこには、これから本人が味わうであろう様々な苦しみや悩みが待っているということです。

身体《からだ》においてはその不調和な思いが、病気や怪我《けが》として現れたり、精神的にはバランスを崩して治療をしても治らないような状態にまでなってくるということです。最後には自分の身さえも滅ぼしてしまうということになるでしょう。

それはすべて、その方の相手のことを思えない不調和な思いの結果であり、法則違反であったと言えます。ルール違反をして、赤信号で車を走らせますと交通事故に遭うこととよく似ていますね。

できましたら、取り返しがつかないところまでいかないうちに、自分自身の心の状態を見つめ、今まで他の人に対してどうであったのかをよく考えていただきたいと思います。

人は自分一人で生きていくことはできません。

周りの多くの人達に助けられながら、生きているのです。

他人の不幸の上に幸せを築くことはできないということです。

相手を大切にしなければ、自分もまた生きていくことができないという、『花と蜜蜂』の例え話をどうぞ忘れないでおいてください。

あなた達人間も自然界の一員として、その自然界の姿を現していくことが本来の役割ではないかと思えます」

時間の観念が不安を生む

「大変貴重なお話を有り難うございました。必ずやこのお話も地球に帰ってから、たくさんの人達に伝えたいと思います。

ところで今いろいろと質問させていただいた、地球人達の悩みや不安について、ベリアス星の方達はどのように思われたでしょうか？

折角のチャンスですので、ぜひどなたかに伺いたいのですが」

ケリアリー様は「そうですね」とうなずきながら、前列にいらした方にお声をかけられました。その方は、地球流に申しあげれば、ハンサムボーイ（？）の方でした。そして、彼は少しも驚くことなくニコヤカに答えられました。

「私はメッシーニと申します。

今のお話ですが、地球人の方達が今感じている悩みや不安は、かつて私達も持っていたものでした。

きっとこの会場にいらっしゃる方達も記憶の中には、そのようなこともあるのではと思います。人類の抱えるテーマはいつの世も共通しているものと思われます。私達は、自己中心的な思いが皆の心に広がってしまった結果、自分達が住んでいた星を離れなくてはいけないところまで来てしまったわけですから、その反省があるからこそ今どうしたらいいのかということを日々考え、お互いが大切にし合えるように、愛を行いとして表そうとしているのです。

あなた達と私達に決して差はないと思います。もしあるとすれば、それは後悔の度合いの違いかもしれませんね。でもまだ、地球は滅んでしまったわけではありませんから。これからのあなた達の活動によっては、間に合うかもしれないと思いますので、どうぞ、地球に帰られましたら、一人でも多くの方達に、今フィウリー総司令官がおっしゃったことを必ずお伝えくださるようにと、心から願っております。生命《いのち》の兄弟達に幸多かれ」

彼は私達に心からのエールを送ってくださいました。

たとえ生命《いのち》の兄弟達とはいえども、他の星々の方達がそこまで地球のことを思ってくださっていることに驚きを覚えると同時に、私達は自分達のことなのだからもたもたしていられないというあせりの気持ちも湧いてきました。

でも、今回宇宙船に乗せていただいて、本当にいろいろと勉強になったなぁと、三人がそれぞれの思いに浸っていますと、では、ここで一旦会場を後にしましょうと促されまして、皆様と一緒に次の行動に移ることになりました。

ホールを出て少し歩き始めたところで、今までずーっと沈黙を守っていたリメッシリー様が、にこやかに私達に話しかけられたのです。

「次は私共のメリセア星にまいりましょうね」

とおっしゃいました。

宇宙船に来てからあまりにもたくさんの出来事がいっぺんに起きて、少々頭の中を整理したいと思っていたときだったので、三人はリメッシリー様のお誘いにホッとしました。

ところで、私達はこの宇宙船にやって来てから、どれ位の時間がたったのだろうかとフッと思ったとき、リメッシリー様がおっしゃいました。

「やはり時間は気になることでしょうね。まず今日は何月何日。今は何時何分。私の年齢は何歳何カ月。昔より老けたかしら、ついでに親の年齢は何年何カ月だから、いつまで生きられるかわからないなぁ、などと思っているのではありませんか」

まったく意表を突くようなことを突然に言われてびっくりしてしまいましたが、言われてみれば当たっているだけに、なるほどと感心してしまったのでした。

先ほど、公園のベンチで総司令官がお話してくださったように、「宇宙には過去、現在、未来がたたみこまれている」ということを説明していただいたのにもかかわらず、まだまだ私達の観念の中には、時間という観念がしっかりと根づいてしまっているなぁと、リメッシリー様から指摘されたことを深く考えないわけにはいきませんでした。

もし地球人達からこの時間にしばられている観念を取り去ることができたなら、将来の不安を感じることなく、もっと瞬間・瞬間を、そして毎日を楽しく過ごすことができるだろうになぁと思えました。

では、この宇宙の他の星々で、もう時間という観念を持っていない人達がいたとしたならば、いったいどのような感じで毎日を暮らしているのだろうか？　と新たな疑問がわいて来てしまいました。

その時、リメッシリー様が明るく答えられました。

「そのことは、これから実際にメリセア星に行って体験してみましょう」

自分達の心の中で思ったことを口に出す前に理解されて、その都度答えてくださったところをみると、やはりリメッシリー様も、きっと私達の心を感じ取ることができるお方なのだなぁと思いました。

先ほどのホールに向かう廊下はその横幅も広く、両脇には美しい草花がたくさんに色とりどり咲いていて、まるでお花畑の中を歩いているような感じがしましたが、今度は先ほどとは違う道を通っていくことになりました。

そこには、小石をぬってサラサラと小川が流れ、とても涼しげで、見れば小魚も泳いでいるではありませんか。本当にここは宇宙船の中なの？　と素朴な疑問がわいたほどです。

足下には、すみれやたんぽぽの花に似たような可憐なお花達が咲いていて、自分達の生まれ育った故郷を懐かしく思い出したのでした。

三人は公園で楽しんでいた人達や、ホールでお勉強をしていた人達のことを思い出したり、またこの宇宙船には映画館や美術館、プールや運動場など、そのほか様々な娯楽施設がたくさんあると聞いて、こういう所だったら退屈しないで暮らせそうだなぁ、ずっとここにいたいなぁと本当に思えたのでした。

しかし、美和さんは、まだどうしても食べ物のことが、今一つ気になって仕方がなかったようですが、そのことも間もなく解決することとなったのでした。

一行が向かった先には、先ほどのホールよりもさらに大きな丸い形をしたレストランがあり、その回りをぐるっと囲む形で、小さなこじんまりとした、居心地の良さそうなお部屋がいくつもありました。その一つ一つのお部屋のカラーが統一されていて、こちらからは、まるで虹色のように美しく見えたのでした。

さらによく観察しますと、そのレストランの天井は、ドーム型のガラスでおおわれていて、青空が見えるようになっていました。(※宇宙船の中に青空が作られているのです)

レストランの所々には、比較的背丈の低い立派な木が何本かあり、その下には、いくつかのテーブルがそれぞれに置かれ、大勢の方達が和やかに、食事を楽しんでいる様子が伺えました。

思わず、

「ステキ〜！」

と叫んだのは、やはり美和さんでした。

「こんな絵に書いたような光景は、滅多に見れるものではないワ〜」

と、せい子はウットリしながら思わず口にしたのでした。

「地球以外の他の星でも食べ物のとりこになるのは、やはり女性なのだろうかなぁ」

と、トモキオはひそかに思いました。

それほどまでに、そのレストランの雰囲気と人々の表情が印象的だったということでした。

その時、リメッシリー様がお声をかけられました。

「では、これから皆様でお食事を楽しむことにいたしましょう。美和さん、あなたはどちらの席がお好みでしょうか」

美和さんが食べ物以外にもインテリアや色彩にも結構こだわっていることをご存じだったので、そのようにお尋ねになられたのです。

美和さんは、しばらくの間やはりいろいろと悩んだ様子でしたが、結局最終的に選んだのはオレンジ系のお部屋で、一行はそこに入ることにしました。

そのお部屋には、一つのテーブルの回りに、ちょうど椅子が六席用意されていましたので、それぞれが自由に席につきますと同時に、自動的に目の前のテーブルからメニュースタンドがスーッと出てきたので、三人は今更ながらとても驚いてしまいました。

しかし困ったことに、そのメニューの文字が三人にはわかりません。言葉は翻訳器を付けているのでよく理解できたのですが、「あぁ～、困った」という表情をしましたら、リメッシリー様が、その一〇種類のすべてのメニューを、私達がわかるようにご説明をしてくださったのでした。

「多分どれもお口に合うと思いますから、安心して好きなものを好きなだけ選んでくださいね。メニューが決まりましたら、そのご希望の番号を、軽く指で触れるだけでよろしいのですよ。飲み物も後ほどご用意しますから」

とおっしゃったので、その言葉を信じて、また好奇心も手伝いながら各自がそれぞれにパネルにタッチしました。すると間もなく、メニュースタンドはスーッとテーブルの中に消えていってしまいました。

そして間もなく一〇秒もしないうちに、再びそのテーブルの中から、大きな楕《だ》

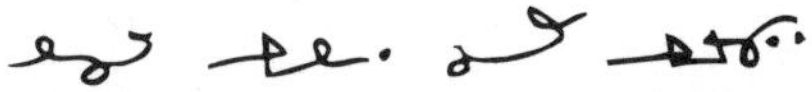
①ブバッチェのフルーツサラダ（マンゴー風味の果物）

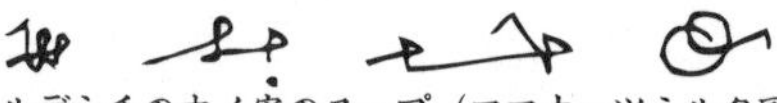
②コルデシチの木ノ実のスープ（ココナッツミルク風味）

③レミセーラの野菜入りヌードル（緑色でコンソメ風味）

④ミラールのオープンサンド（エビ風味のシーフードと野菜サンド）

⑤サレントのクリームシチュー（３種類の魚貝入りシチュー）

⑥ベルボワの煮物（トマト風味の野菜の煮物）

⑦カラルーチェのマリーネ（青色をしたヒラメに似た魚のマリーネ）

⑧セリオナのソテー（スパイシーな５種類の野菜のソテー）

⑨シャニムールのアイスクリーム（オレンジ風味の果物）

⑩カリオッテのケーキ（ピーチ風味のチョコレート味）

円形《えんけい》のオレンジ色のトレーの様な器に、各自が注文したお料理が色とりどりに盛られて出てきたではありませんか。

　スープ専用の器も付いていて、どれも温かいままにいただくことができました。アイスクリームも最初から一緒に出てきたのに、最後にいただくときまで、ちゃんと冷たく保たれていたのは、本当に不思議でなりませんでした。

　そしてそのどれもが、想像をはるかに越える抜群の美味しさに、美和さんは、このまま宇宙船にずーっと残って、レストランの他のみんなが食べている、そのすべてのお料理を食べつくすまでは、絶対に地球に帰りたくな～いと思ってしまったほどです。

　お料理の数は、三〇、〇〇〇種類以上はあると聞いたので、どうしても『宇宙のグルメ』になりたいと思ったのです。

　食事中にとてもタイミングよく、お料理に合った好みの飲み物が何度も自動的に出てきたのにも本当に驚いてしまいました。

　せい子と美和さんとで、テーブルの下や回りをキョロキョロしてしまったほどですから。

　フィウリー総司令官、リメッシリー様、ケリアリー様達はと言えば、とても少食でいらして、私達の食事をしている姿を楽しそうに見守っていらしたのでした。

そして全員の食事が終わりますと、何の合図もしていないのに、またテーブルの中にトレーごとスーッと消えるように無くなってしまいました。

そのようにして、地球上ではありえないようなたくさんの驚きを経験しますと、三人は徐々に不思議な感覚を覚え始めました。それは、もしかすると私達の想像できるものはすべて叶えられるのかもしれないということでした。

それぞれの思いに各自が浸っていますと、リメッシリー様がお話になりました。

「もうしばらくしますと、私共のメリセア星に到着いたしますよ」

という言葉を聞いて、何と私達が食事をしている間に、この宇宙船ごと、メリセア星に向けて移動していたのだと初めて気がつき、再び驚いてしまいました。

するとその時、美和さんが恥ずかしそうに、もじもじしながら、

「あの～、申し訳ないのですが、メリセア星に着く前にお手洗いに行きたいのですが間に合いますでしょうか？」

と小声で言いにくそうにリメッシリー様に尋ねました。

彼は「大丈夫ですよ」と、ジェスチャーをしながら、こちらへどうぞと手招きをされますと、美和さんの後にせい子と、それにトモキオまでが続いてきました。

宇宙のトイレはどうなっているの？

以前伺ったところによれば、宇宙のトイレは、地球のものとははるかに違っているということだったので、トモキオはそれをどうしても体験したいと思ったのでした。

三人は、そのレストランの隣りにある自動ドアの付いた個室の前まで案内されま

した。その個室はずーっと奥まで続き、おおよそ三〇以上はあったと思います。

各自がそれぞれに中に入りますと、そこには正面の壁いっぱいに、大きなスクリーンがあり、好みの映像や音楽を選びながら、リラックスしてゆったりと過ごせるようになっているようでした。

一部屋の大きさは五、六畳位はあったと思いますが、壁と床は淡いアイボリー色で統一されており、向かって右側奥に、手洗いの付いた大きな三面鏡とモダンな感じの椅子と、その手前にちょっと変わった形の置物が置かれてあって、左側のガラスと思える本棚の中にはたくさんの本やビデオ（？）などが並べられていて、その脇には、赤、青、白、黄、紫色のユリの花に似た美しいお花が咲いていて、素晴らしい香りで迎えてくれるのでした。

そして、やや手前中央あたりに、大きなグリーン色のソファーが向こう向きに置いてありました。とてもこれがトイレとは思えませんでしたが、それ以外には考えられないので、意を決して下着を下げながら試してみることにしました。

まず腰掛けますと同時に、自動的におしりの下当たりのソファーが開いたと思ったら、途端にサーッと一瞬エアーシャワーのようなものが流れてきて、排便と同時にスーッと吸い込まれるようにして、どこかに消えて行ってしまったような感じを受けました。

もちろん匂いもなく、トイレットペーパーも使うことなく、本当に気持ちのよい貴重な経験をしました。

トモキオはしばらくしてからハッとある事に気がつきました。

「そうだ、小便用の便器はどこにあるのだろう?」と、あたりを見渡しますと、右手の手前に何かの置物かしらと思えたちょっと面白い形の物が、それらしいということに気がつきました。

後ほど伺えば、やはりあの排便の瞬間にろ過されてパウダー状にされ、肥料などに変換されるということでした。何一つ無駄のないことを知り、トモキオはこれを地球でも何とかぜひ一番に取り入れたいと思ったものでした。

せい子と美和さんはといえば、とても興奮した様子で、それでいて何だかうれしそうな感じで出てきました。

宇宙のトイレを大変気に入ってしまったようです。

美和さんは黄色、せい子はピンク色のソファーだったのですが、他のどの部屋もそれぞれに違った色になっているそうで、また宇宙船の中には、他にも違った雰囲気のトイレがたくさんあるのだということも後ほど伺いました。

その様子をご覧になっておられたリメッシリー様が、

「では、そろそろ到着となりますので、こちらへお出でくださいますでしょうか」

とおっしゃって、最初に宇宙船に引き上げられたときと多分同じ部屋に案内されたのでした。

そこにはもうすでに、フィウリー総司令官とケリアリー様が待っておられました。

その時、トモキオが突然に、

「あの～、一つお尋ねしたいことがあります。この宇宙船の操縦室はどこにあるのですか？　もし可能でしたらぜひ拝見させていただきたいのですが」

フィウリー総司令官がその質問についてお答えになられました。

「はい、もちろん操縦室はありますよ。もしよろしければ、地球に戻りますときにでもご案内いたしましょう。それでよろしいでしょうか？」

と言ってくださったので、トモキオはとてもホッとした様子でした。

さあ、いよいよメリセア星に到着ということで、三人は緊張しながら席につくと、宇宙船に移ってきたときと同じように、今度もまた目を閉じて1・2・3と数を数えてから目を開ければ、メリセア星のどこかの場所に移動しているのかなぁと期待していましたので、三人とも目を閉じて待機していました。

III メリセア星に着陸

メリセア星人が語る「愛の詩」

するとと、フイウリー総司令官が微笑みながら、

「さあ、皆さん目を開けてください。今回は宇宙船ごと直接メリセア星に着陸させますよ」

「エ～、ほんと～！」と目を開けて見ますと、もうすでに宇宙船はメリセア星に着陸したようでした。シートベルトもしていないのに、普段と同じ状態で少しの揺れ

もなく着陸できるなんて夢のようでした。

そして間もなく、スーッと音もなくドアが左右に開き、スロープが自動的に一〇メートルほど先まで伸びたのでした。まずリメッシリー様が私達を気づかって、手招きされながら先頭に降りていかれました。

フィウリー総司令官、ケリアリー様の後から三人は、周りをキョロキョロしながらついて行きますと、そこには一〇人乗り位の大きさの楕円形をした真赤なオープンカーのような乗物が迎えに来ていました。

水玉模様のような服を着た運転手らしき人が一人乗っていて、私達にしきりに手を振りながら陽気に迎えてくれたのでした。

三人のその時の気持ちはと言えば、これから何が始まるのだろうかと、正直不安な気持ちは隠せませんでしたが、それ以上に好奇心と期待で、胸がはち切れそうになっていたのも確かでした。

宇宙船は、一面に芝生の生えている、広〜い場所に着陸したようでしたが、その迎えにきた乗物に乗ってから後ろを振り向きますと、なんともうすでに、宇宙船はどこかに音もなく消え去っていたのでした。

車（?）が動き出してしばらくしてから、運転手らしき人は、

「どちらの星からいらしたのですか?」

と、気さくに私達に声をかけてきてくれました。

宇宙船にいるときから翻訳器をつけていたので、相手の話の内容がよくわかり、私達は、

「地球という星からで〜す」

と、段々外国旅行をしているような気分になってきて、そう答えたのでした。

「その地球という星では、みんなどんな形の乗物に乗っているんですか？」

と聞かれて、そう言えばこの車にはタイヤがついていなかったし、どうも地面から二、三メートルほど上を、音もなくなぜかスイスイと走っているように思えるので、どう説明したらいいものかと少々悩んでいると、リメッシリー様が代わりに説明をしてくださったのでした。

「確か遊園地に丸いタイヤが四つ付いた小さな長方形の乗物があるでしょう。普段はあれに似たような物に乗って、地表を移動するんですよ。

その他二本のレールの上を移動する、長方形の箱のような物に乗ったりもしていますね」

「じゃあ何ですか、地球という星では地面の上を走るということですか？ それじゃぁ、行動範囲がとっても狭くなりますね」

その時、ムッとした美和さんが、

「そうかもしれませんが、空を飛んで海の向こうの遠くの国まで移動できる飛行機という乗物もありますし、ロケットだってあるんだから」とむきになって一生懸命言ったのでした。

その様子がとても愉快に見えたので、みんなが同時にクスクスと笑い出してしまったのでした。美和さんは、みんなに笑われたのが面白くなくて、少し口をとがらせてしまいました。

リメッシリー様は美和さんの気持ちを察せられて、

「美和さん、気を悪くされたのでしたら許してくださいね。決して地球のことをけなしたのではありませんから、誤解しないようにお願いしますね。

彼は地球の方に初めてお会いするものですから、好奇心からいろいろと伺いたいと思っただけですから」

「はい、わかっています。私もどちらかと言えば好奇心旺盛な方ですから。ところで、この乗物は道らしきものがないような所でも、勝手に動いているように思えるのですが、何で動くことができているのですか？」

「はい、それは簡単に一言で申しあげますと、宇宙エネルギーを利用して動かされているとお伝えしたいと思います。

その操縦はいたって簡単でして、進みたい方向のパネルに触れるだけで自動的に操縦されるのですよ」

「へェ〜、そうなんだ」と三人が素直にうなずいてしまったのは、宇宙エネルギーという言葉がとても神秘的で、何もかもが初めての体験だけに、自分達の理解を超えた、異次元的なものとして受け取られたからでした。

三人は乗物から見えるその星の景色や建物や人々の姿に、かなり興奮している様子でした。

その時、運転手らしき人が、

「お待たせしました。さぁ、目的地に着きましたよ」

と言うと同時にスーッと静かに着陸しました。

私達の目の前には、緑の中にお城のような立派な建物がたっていて、入り口近くにいる二、三〇人の人達全員が、陽気に身振り手振りで歓迎の気持ちを体いっぱいに表して、出迎えてくださいました。

私達にも彼らの思いが伝わってきて、とってもうれしくなって自然と感動の涙がこぼれてきてしまいました。

初対面の人達とまだ言葉を交わす前から、このように胸がいっぱいになるような経験を今までしたことが無かったものですから、なぜそんな気持ちになったのか不思議でなりませんでした。

後になってわかったのですが、それは、他の人を自分と同様に大切に思えるような、メリセア星の方達の意識の高さであって、それがたとえ違った星々からやって来た人達であっても、同じ兄弟として仲間として受け入れることができる素晴らしさを、もうすでに身に付けているからだということがわかったのです。

彼らは一見一〇代後半ぐらいの地球人のように見えましたが、でも、どの人も目が赤ちゃんの瞳のように澄んでいて本当に奇麗で、キラキラと輝かんばかりのエネルギーが身体全体から発せられていて、本当に圧倒されてしまいそうでした。

彼らのような純粋で高潔な方達が、はたして地球人の中にいらっしゃるだろうかと考えてしまいました。

その時フッと感じたことは、地位や名誉や財産・学歴に一喜一憂《いっきいちゆう》している地球人達が、なぜかとても情けなく残念に思えてしまったのも事実でした。

三人は案内されるままに、ロビーからさらに建物の奥に入っていきますと、そこは別世界に迷い込んだのではと思われるほど、先ほどの華やかさと打って変わってシーンと静まり返っており、サロンのようなお部屋には一五歳位の子供たちが二〇人位と、先生のような方が二人いらっしゃいました。

「ここは学校のようなところでして、今から『愛について』のお話がありますので、きっと参考になると思いますから、一緒にお勉強させてもらいましょうね」

と、リメッシリー様が小声でそっと、私達におっしゃったので、促されるままに、一番後ろの席に座ることにしました。しばらくして、男性の先生が軽く咳払《せきばら》いをされてから、私達の方をご覧になりながら挨拶をされました。

「地球の皆様、わがメリセア星に、ようこそお越しくださいました。

私はリオラーと申します。只今より愛するすべての人達に、そして地球のすべての人達に、私は『愛の詩《うた》』をお贈りしたいと思います」

それから静かに目をとじられて、ゆっくりとそして力強く話し始められるのでした。

「愛は　すべてが存在するために
　すべての存在に与えられたものであり

愛は　すべてを優しく見守り
　そして愛は　すべての存在に完全な形で表します。

愛する人達　そして愛する地球に　私は愛の思いを送り続けます。

愛は　小さなものから　そして宇宙に存在するすべてのものに

その思いを持っています。

愛は　とても素晴らしく
　愛を分かち合うほど　素晴らしいことはありません。

一つの小さな愛が　やがては一つの大きな愛となり
　本当の愛をつくりだしていきます。

宇宙の愛によって　本当の愛に目覚め
　愛に生きれば　宇宙も愛の喜びを与えてくれます。

愛が　あなたの本当の姿であり
　あなたが本当の愛を望めば　宇宙は応えてくれます。

宇宙は愛に満たされ
　皆さんの心も　愛に満たされていくことを　私は強く望みます。

素晴らしい愛の世界へ
　愛する人達と共に生きていっていただきたいと　私は願っております。

宇宙のすべてが
　愛を表して生きていってほしいと　強く望んでおります。

愛が　本来の愛を表し
　本当に　愛とは素晴らしいものだ
　ということを　実感していっていただきたいものと思っております。

愛する人達が
　私達と共に歩んでいっていただくことを　私は強く望んでおります」

初めて伺う『愛の詩』そのものの素晴らしさもさることながら、身体全体にしみ入るような荘厳なお声と迫力に、言葉も出ない位深い感銘を受けながらも、周りの子供達はどのような様子だろうと目をやりますと、彼らはとても子供とは思えないような反応を示されていたので、さらに驚いてしまいました。

地球の子供達だったら、多分詩の内容を理解することが難しくて、退屈してしまう子供も多いのではと思いましたが、今、目の前にいるメリセア星の子供達は、リオラー様の愛の詩に真剣に耳を傾けながら、しかも中にはウンウンと相づちを打ちながら、深く共感している子供達もいたりして、本当に驚いてしまいました。

やはり意識の状態にかなり差があるなぁと、思わずにはいられませんでした。

そうこうしているうちに、続いてもう一人の女性の先生がお立ちになられて、ご挨拶をされました。

「地球の皆様、こんにちは。私はスミットナーと申します。私もリオラー様と同じ愛についてのお話を担当させていただいております。

それでは、折角お出でくださいました地球の皆様に向けて、私からも、愛についてのお話をさせていただきたいと思います」

そして、美しいお声で愛についてのお話を、静かに始められるのでした。

「皆様は〈愛〉という言葉を耳にされたとき、どのような思いを描かれるでしょうか？

とても大きな、そして深～い、何もかも許してくれる、そういう感覚を受ける方もいるかもしれません。

〈愛〉とは、一言で申しあげることはとても難しいと思います。

私を愛してくださいと言われたときに、その方をどのようにして愛することができるのか？

その方の事だけを考え、その方が望んでいることをしてあげたいと思われるかもしれません。優しくしてあげたいと思うかもしれません。

また、愛を表していくことが大切です。と言われたときに、どのような愛の表しかたがあるのだろうか？

困っている方がいれば手助けをする、どの人にも親切に接する、その愛の表し方はいろいろあると思います。

中には、愛のムチという言葉もありますように、一見、相手にとって厳しい態度を示すことさえ、相手の方が今、何かに気づいていただけるその瞬間であるから、あえて心を鬼にしてまでも、そのように厳しくやろうということもあると思います。

小さいときから今日まで、愛という言葉を耳にしたことのない方はいらっしゃらないと思います。

愛がすべてである。

愛は最高。

愛は慈しみ・母性愛・友愛・無償の愛。

いろいろな言葉として使われておりますが、愛が何であるのか？

それをすべて伝えることは難しいと思います。

その都度、その都度の大切なことを知っていただくために、愛という言葉を使って、また皆様が考える、経験する、ということの積み重ねかもしれません。

その積み重ねの中で、なぜか〈愛は素晴らしい〉と思われるのではないでしょうか。

皆それぞれが、愛について考える考え方は違うかもしれません。

しかし愛について考えているとき、それはどの方もとても優しい気持ちになり、そして相手のことを思っている状態ではないかと思います。

人から愛してもらったとき、また自分が相手を愛したとき、その両方を経験された方であればわかりますように、愛されるということもとても嬉しい幸せな気持ちになると思いますが、それ以上に、人を愛することをなさったときは、心の中から良かったという満足を感じるときがあると思います。

その満足とは、普段、なかなか感じることのできないものであると思います。満足をするということも、ある意味で愛を表した結果、得ることのできたものであるとも言えます。

では、人はなぜ愛を表していかなければいけないのでしょうか。そこには必ず理由があると思います。

愛しなさい、愛しなさい、人を大切にしなさい、親切にしなさい、優しくしなさい、と言われても、その理由がわからなければ、なぜそのようにしなければいけないのか、という深い意味を知ることはできないと思います。

あなた達の地球上で、今自分が生きるために何が必要なのだろうか、ということを、考えてみていただきたいと思います。

日常生活の中で、衣、食、住のすべてがなければ、生きていくことはできないと思います。

また太陽も、空気も、水も、そして、地球という大地も無ければ、生きていくことは当然できないと思います。

着る物も食べる物も住む所もお金を払えば、それを売ってくださる方がいれば、手に入れることができるかもしれません。

しかし、何かの天候異変によって、食べる物もまた住む所も着る物も手に入れることのできない状況になったとき、もしお金さえ持っていれば、あなた達は生きることができるというのでしょうか?

そのように何もかも無くしてしまった状態になったとき、初めて人はたくさんの物があり、たくさんの人がいて、初めて皆の手助けによって自分は生きることができるのだということを、知ることができるのかもしれません。

今現在、衣、食、住に困ることがなければ、そういう事を考えることも、できないかもしれませんね。

しかし、地球上では日々変化しております。

昨日まで何不自由なく生活していた方で、翌日には全く何もかも無くし、どのように生きていったらいいかわからないという方も、どんどん増えてきております。

自分はそのようにならないとは決して言えないと思います。

明日がどのようになるかは、それはどの人にもわからないということですね。

今現在大勢のもの達に助けられている、そして自然界から生かされているというその事へ、どうぞ思いを向けていただきたいと思います。

そこから、今ある状態がもうすでにまわりの大勢の方々や自然界からの、いわば愛ともいえる状態からの思いによって生かされているということを読み取ることができるかもしれません。

〈愛とは〉、この自然界が表してくれている姿すべてが、愛の表れであると思います。

なぜなら、私達が生きる上でこの自然界がなければ、自然界からの助けが無ければ生きることはできないわけです。

私達は、ただここにジッとしているだけで、もうすでに、自然界の〈愛〉を与えられている状態にあるのです。

人間が、相手を大切にしたいという思いも愛であり、助けてあげたいという思いも愛であると同時に、自然界のすべてが、人間のように助けてあげたいという思いを表すまでもなく、もうすでに存在自体が助けてくれているわけで、それが愛であると思います。

愛は、限定することはできないと思ます。

どうしても地球上の方達は、人が行う行動や思いを、愛と思われると思いますが、それだけではなくて、人が生きるために与えられているそのすべて、それは無償で与えられているという意味において、〈無償の愛〉という表現も取れるかもしれません。

人間同士の間での無償の愛は、例えば母親が子供を大切にする思いですね。つまり見返りを期待することなく、ただ与えつくしていくこと、それが無償の愛であるということです。

そういう見方をしていただければ、自然界も私達に与えられる限りの物を無償で与えてくれているわけです。

見返りを期待することなく、与えてくれているという意味において、同じく無償の愛であると言えると思います。

そのような考えは今まで持ったことがない、という方もいらっしゃるかもしれませんが、今ここで、あぁそういう考え方もできるのか？　自分達は人と人、そして人間社会だけが存続すれば生きていけると思ったけれども、もっと大切なものがあったのだ。それは、人が生きるために無償で与えられている〈自然界〉。その大切な自然界があるからこそ、たくさんのものを無意識の中にいただいている、ということではないかと思います。

私達は、それこそ自然界とまた大勢の方から生かされている、愛されているということですね。

人から大切にされた、嬉しかった、ただそれだけでいいのだろうか？　人からそのようにされたときのことを思い出していただければ、自分もまた他の人に対してそのように大切にしていこう、という気持ちになることができるのではないかと思います。なぜならば、人は一人では生きていくことができないからです。大勢の方々や自然界から助けられている以上、自分もまた助け返すということをなさっていかなければならないということです。

また互いに生かし合うということをしていくことが、自然界の姿であり、愛の姿であると思います。

そして自然界の中に生きている人間は、その自然界の姿から学び、また同様に生かし合える関係を築いていくことが大切であると思います。

今、愛についてその一部を伝えさせていただきましたが、愛が何であるのか？　そのすべてを伝えることは難しいと思います。

ただ人にあっては、相手に対して慈《いつく》しみの心を持ち、優しい思いで、親切に、大切に、相手のことを常に思い、そして、それを表していくこと。これが愛を表していくことではないかと思います。

常に相手の立場に立って、今何を望んでいるのですか？　何に悩んでいるのですか？　と、思いをいつも相手の側に立っていただければ、いろいろなものを感じ取ることができると思います。

アァこの人は、今このようにして欲しいのだなぁ〜、アァこの人は、今何に悩んでいるのかわかった、何か手助けをしてあげたいというように、内から感じ取れるものがあると思います。

それは常に相手のことを思う、相手の立場になって常に考えている、相手のために今何ができるのか、という思い、そういうことを常に続けていっていただければ、相手にとって何が最もふさわしいことなのかということや、あるいは相手の状態を感じ取ることなどが必ずできるということです。

それはまさしく、愛そのものを表しているからではないかと思います。

愛についてはたくさんのお話ができると思いますが、今回は、地球からお出でくださった皆様へも、今最も身近なところで知っていなければならないことについて、お話をさせていただきました。

どうぞ地球の方達も、このテーマについて、いろいろと考えてみていただきたいと思います。愛はすべてと、最後に表現させていただきます」

スミットナー様のお話が終わりますと、せい子は「自然界が私達に無償の愛を与えてくれているのかぁ～」と、一人つぶやいていました。

美和さんは、静かに両手を胸の前で組むようなしぐさをしながら、「深いわね～」とシミジミと感心してしまったようです。

私達地球人も愛についていろいろな角度から、もっと考えてみることは大切だなぁと感じました。

今までただ何となく漠然と愛という言葉を口にしていましたが、とても大事なことだったのだと知らされました。

そして、こちらの子供達の授業を受けている姿には、地球の子供達のように、先生から何かを教え込まれているというような感じは全くなく、ノビノビと自由に、そしてイキイキとしていて、対等な関係が築かれていることに全く驚いてしまいました。

そんな私達の様子をご覧になっていたリメッシリー様が、

「では、次はまた違うお教室でいろいろなお話をいたしましょう」

と言われたので、私達はお二人の先生と子供達にお礼とお別れを伝えながら、その部屋を後にしたのでした。

それから三人は、リメッシリー様達の後をキョロキョロしながら続いて行きますと、しばらくして今度は先ほどとはうって変わって、真紅のジュウタンが敷かれたステキなサロンに案内されました。

その部屋の中央に置かれた大きなテーブルと椅子は白で統一されていましたが、座り心地はこの上もなく素晴らしく、心身共に癒されるようなゆったりとした気持ちになれました。

先ほどの教室もそうでしたが、今のこの部屋も何となくほのぼのとした空気を感じることができて、不思議とこの建物全体が愛に包まれているような幸せな感じを受けるのは、なぜだろうと思ってしまいました。

その時、フイウリー総司令官がお話になりました。

「ご気分はいかがですか。

今皆様が幸せな気持ちにおなりなのは、この建物全体が、宇宙の愛のエネルギーで包まれているからですよ。それは、こちらにいらっしゃる子供達や大人達全員が、調和された素晴らしい意識におなりになっているからなのです。そして、メリセア星の方々は、皆様がそのような状態におなりになっていらっしゃるのです。

また時間の観念がございませんので、地球の方達のように明日の事を思い患《わずら》って、先への不安を感じることもありません。

いつもあるのは、『今』、『今』という思いで、今日をどのように精一杯生きれるのかということを、常に意識しておいでなのです」

その時、リメッシリー様が「では、皆様ここで一息いれましょうか」と、タイミングよく言われて、右手の指をパチンと鳴らして合図をなさいました。その様子がとても面白かったので、せい子と美和さんは顔を見合わせてクスッと笑ってしまいました。

ハッと気がついたその瞬間に、テーブルの上には背の高いグラスにペパーミントグリーン色の透明な飲み物が用意されているではありませんか。

一口くちにすると、爽やかなマスカットのような香りがして、なぜか不思議とそのとき愛を感じることができ、幸せだなぁと思えたのでした。

「この飲み物はマーニャーニャーという名前で、宇宙の愛を意味しています。その名のとおり、口にしますと宇宙の愛を感じることができるのです」

三人が至福《しふく》の時を経験することができたのは、そういうことだったのです。

全員がマーニャーニャーを飲み終わる頃を見計らって、再びリメッシリー様が今度は左手の指をパチンと鳴らしますと、テーブルの上のグラスはパッと消えてしまいました。

何度かそのようなマジックを目の前で見せてもらっても、はたして今まであった物はどこへ消えてしまったのかと、疑問を残したままとなりました。

でもなぜか、「今は深く考えないようにしよう」と思ったのです。その時、若草色の優雅なドレスをお召しの一人の美しい女性の方が静かに入ってこられました。そしてなんとも不思議なことに、お部屋いっぱいにバラの香りがただよったのでした。

「地球の皆様、ようこそお越しくださいました。

私はシェリナースと申します。

こちらでは主に子供達の教育全般を担当しております。

折角の機会ですので、もしご質問などございましたら、なんなりとおっしゃってください。地球の子供達がどのような事に興味を持ち、また何に悩んでおいでなのかも知りたいと思います」

とお話しになられますと、そのあまりの美しさと、透き通るようなお声にウットリと聞きほれてしまうほどで、三人ともポーッとしてしまったのでした。まるで『宇宙の天使』のようなお方だなぁと思いました。

一番に我にかえって冷静になれたのは、トモキオでした。

「私が常日頃から気になっていたことは、地球の教育論の中に、道徳教育とか倫理とかの言葉が出てまいりますが、これについて、宇宙の教育専門のシェリナース様からぜひお話をしていただきたいと思います」

「ハイ、道徳教育、倫理という言葉が、大変難しい言葉のように受け取る方もいらっしゃると思います。

言葉というものは、暗記をすれば簡単なことではありますが、その言葉を深く考えていきますと、その意味がどのようであったらいいのかということに悩むときがまいります。そういう意味で、道徳・倫理という言葉の意味をどのように受け取ったらいいのかということだと思います。

人としてどうあったらいいのかを考えるときに、まず人生の先輩である大人達がはたしてその姿を自らが現しているか、ということが問題になってくると思います。

子供達に教育をする立場にある方はもちろんですが、大人達が社会に現している
その姿からも、子供達はたくさんのことを学ぶと思います。
言葉で立派なことを伝えている方が、実際には言葉に反した姿を現し平然として
いるということが子供達の目に映ったときに、何をもって子供達は信じて生きるこ
とができるのでしょうか。
教科書でたくさんの素晴らしい教えを伝えることができたとしても、それを実践
されていない社会の中では、反対に逆の効果を招くのではないかと心配されます。
大人の姿が、道徳・倫理に反した姿を現していれば、どんなに立派なことを学校
教育で子供達に教えたとしても、それは身につくものとも思えません。
ここで、私からの提案ですが、大人達も子供達と同様に、一からその道徳教育・
倫理について考え、そしてその重要さを知ることができれば、それを自らが現して
いくことができると思います。
その重要さを知ることができないために、その姿をまだ現すことができていない
のだと思います。
今の地球の子供達は特に正直なので、自分の心に思ったことを素直に表現するこ
とができると思います。

その素直な表現の中から、大人達に対していろいろなことを考えて欲しいということを、訴えかけているのではないかと思います。

この道徳・倫理が重要だということをどれだけの方に思っていただけるのかによって、これからの地球の教育も変化してくると思います。まず大人達が自らの姿を、よくご覧になっていただくことが大切ではないかと思います」


シェリナース様のお話をお聞きして、子供達に道徳・倫理について教育する前に、大人達がまずそのことについてよく考え、そして実際に社会の中で実践することが大切であるということは全く的を射ているとトモキオは思いましたが、はたして現実的にはどうなのかなぁと頭を悩ましてしまいました。

今まで身に付けてしまった考えと違う考えを受け入れることは、どの人にも難しいということを今までもたくさん経験してきて、具体的にどのようにしていったらいいのかと、さらなる思いを抱いてしまいました。

そうしますと、シェリナース様が優しくお話を続けられました。

「確かに、子供達の教育は専門家に任せれば良いという考えは、まだまだあるとは思いますが、まず大人達が、家庭や社会の中で子供達のお手本となる姿を、人生の先輩として表そうとなさる、その意識を持っていただくことが大切だと思います。

そのためには、今子供達に関わる様々なトラブルが地球で多く発生しているようですが、そのことは決して偶然の出来事ではなくて、たくさんの深い理由があって成されているものでして、そのトラブルと思えるものが、どうして起きたのか？という、その本当の原因を家族や社会が自分のこととして受け止めて、よく考えてみることが一番大切だと思います。

しかし、自分達の子供がトラブルを起こさなくてよかったと、安易に思っていらっしゃる方達が多いようです。しかしきっとそういう精神ですと、やはり実際の当事者達の気持を理解していただくという意味からも、また自分達のこととして真剣にその原因を考えていただくという意味からも、必ずその方達に何らかのトラブルが降りかかってくるであろうと申しあげたいと思います。

私は地球の皆様を脅《おど》かしているわけではなくて、それが法則なのです。

自分が蒔《ま》いた種は、必ず自分で刈り取るということですね。

自分の成した行いは必ず自分に返ってくるわけですから、良い行いをなさいますと、周りから良い姿として返ってくるということですね。

子供達の未来を憂《うれ》えてくださるのでしたら、今までの考えにとらわれないで、今申しあげましたことをぜひ一人でも多くの方達が、真摯《しんし》に受けとめていただけたらと思います」

外見のイメージとは違って、明解なお答えをしっかりと伝えてもらい、トモキオは「そうだ。そうだ」と納得したのでした。

相手の立場に立って考えることの難しい理由《わけ》

続いてせい子が促されるままに質問をしました。

「なぜ人は、相手の立場にたって考えることができないのでしょうか。ぜひ教えてください」

「ハイ、その答えは、自分と相手の方が違う存在であるという考えがあると思われます。相手の方がどのような考えや生き方をしているのか、その考えや生き方に素直に賛成できるか、できないか。あるいは自分自身と、相手の方との関係において利害関係がからんでいないか、どうか。あるいは、自分自身が相手の方に好意を持てる方なのか、どうか、また相手の方が自分に好意を持っているか、どうかというその関係性においても違ってくると思います。

その方の考え方、生き方に何か共鳴できるものがあれば、あるいは相手の立場に立って考えることも、できるかもしれません。

また相手との関係において、利害がからんでいなければそういうこともできるかもしれません。

しかし、おおよその関係においては、損得の関係が生じてしまうことが多いと思います。

　そのため、自分に損になるようなことをしてまで、相手の立場に立つことはできないということになってくると思います。

　また相手の方を素直に受け入れることのできない関係があります。なぜか嫌だなぁ～と思ってしまう相手であれば、決して相手の立場に立つことはできないと思います。

　地球では相手の立場に立って考えるということを、よく言われるようですが、なかなか難しいものと思います。

　特に自分自身に対して嫌な言葉を投げかけたり、つらい態度を示されたり、ののしられたりすれば、決して相手のことを考えることはできないと思います。

「自分の感情が波だっているときにはどうしたらいいのか?」ということになりますが、それにはその感情が収まるまで待てばいいと思います。

　しかし時には、火に油が注がれるようにますます相手を恨む、憎む気持ちが膨れあがるときもありますから、その時にはその思いを抑《おさ》えようとするのではなくて、反対にどんどん膨れあがるところまで大きく、大きく、これ以上、何も、もう思えない、自分は狂ってしまうかもしれない、と思えるところまで自分の感情を膨張させることも必要なときがあると思います。

その結果、自分のとった行動を振り返り反省し、どうしてあの時、あのような思いが私に広がってしまったのか？　なぜあの時、相手の方のことを考えてあげることができなかったのか？　どのようにしたら、これから相手の方の立場に立って考えるということができるのだろうか？　と少し冷静にその思いが自分の内に向けられたときに、初めて人はいろいろなことを思うことができるのだと思います。

また自分をよく見せたい、哀れんでもらいたいという思いで自分自身の心に嘘をつく、また相手に嘘をつくということがあります。これは地球上のどの方にもあると思われます。

そのようなときは、相手の方が嘘をついてもそれを許してさしあげる心を持つことも、相手の立場に立って考えるということにつながってくると思います。

相手と自分が違う存在であると考えている以上、相手の立場に立って考えるまでには、時間が必要になってくると思います。

きっとそのことに向かって様々な経験を積まれていくことも、人生を歩むという意味では大きな意義があると思われます。

自分達が生きるために、この自然界が必要であると同様に、周りの大勢の方々も大切な存在として受け入れることができたときに、きっと意識するまでもなく、相手の立場に立って考えることができるようになっていくであろうと思います。

人は多くの悩みや、苦しみ、悲しみを経験され、その中からきっと何かを勝ち取るものがあると思います。

それは人としてどのような生き方をしていけば皆が仲良く、幸せに、大切にし合い、生きていけるのだろうかということを学んでいくことであります」

「お話ありがとうございました。

ところで、今お伝えいただいたことについて、メリセア星の子供達は、どのような考えを持っているのでしょうか？」

「ハイ、彼らは『何のために学校に行くのか』という目的を、まずシッカリと持っています。それは、

『人はどのような生き方をしていったらいいのか、ということ』

『自分自身の役割を知ること』

『その役割を通して精一杯生きるということ』

の三点を、学んでいただくためにメリセア星の学校教育はあるのです。

自分のことを大切にすることと同様に、相手の方を大切にすることの本当の意味

を知り、その生き方を実践することによってさらにその素晴らしさを確認していくことができるようになっております。

そして同じ生命《いのち》より表されたもの同志として、自然界と人を区別することなく、相手と自分を区別することなく、同じ存在と思える意識になることができるのです。

このようなお話をしますと、子供達が難しいことを教え込まれているのではと、お思いになられるかもしれませんが、彼らは生まれつき、すでに転生の過程でいろいろな経験を積んで生まれ変わっていますので、内からの促しにも大変素直に自分が生まれさせられた役割を、その内からの促しによって自然と知ることができるのです。

そしてその役割を果たす方向に向かって、家族や友達や社会への奉仕をとおして、精一杯生きることができるのです。

そうだからといって、毎日が窮屈《きゅうくつ》なものではなくて、とても自由にノビノビと、自分のやりたいことをして、自主的にイキイキと毎日を過ごしているのですよ」

そう言われてみると、最初にこちらに到着したときに迎え出てくれた子供達も、また教室で会った子供達も、いずれも明るくノビノビとしていて、ただ無邪気なだけではなくて、身体全体から愛がにじみでているようで、まるで『宇宙の天使達』

のように思えたのです。

となると、シェリナース様は『宇宙の天使達の母』のような存在の方だなあと、思えたのでした。

性はどうあるべき？

美和さんが、いつ自分に声をかけてもらえるのだろうかとやきもきしていますと、

「美和さん、すっかりお待たせしてしまってごめんなさいね。どうぞあなたからのご質問を伺いたいと思います。なんなりと遠慮せずにおっしゃってくださいますように」

シェリナース様はニッコリと微笑まれながら優しく言われたものですから、美和さんはすっかり気をよくした様子でした。

「アッ、いいえ、どういたしまして、あの〜、私からの質問は性について伺いたいのですが、性とは本来どうあるべきなのでしょうか？　子供達の性教育も含めて教えてください。お願いします」

「ハイ、性に関してのお話は、なぜか地球の皆様は避けられる傾向にあるように思

います。

どの方にも、喜怒哀楽《きどあいらく》という感情が備わっているように、性に対する思いも同様に備わっているのだと、そのようにお伝えしたいと思います。

性についてのお話は、特別なこととして受け取られるのではなくて、皆様が生きている上でとても大切なことであると思います。

人を好きになる感情はどこから与えられているのでしょう?

この人を、どうしても好きにならなければいけない、好きになろうと、最初に自分で考え計画を立てて、その結果好きになることができるものなのでしょうか?

なぜか気がついてみたときにはとても好きになっていた、具体的にどこがどうのというわけではないけれども、とても好きになっていたということがあります。

そのように、人を好きになるという感情は、人が生まれたその時から、必要なときに感じ取らされるものであるとお伝えしたいと思います。

同様に、性は、いろいろな愛の表現方法の一つであると思います。

また言葉を換えれば、女性・男性という区別を超えたところでの、お互いがお互いを大切にし合う一つの表現方法でもあると思います。

どうしても地球の皆様は、性について明るく受けとめることのできないものがあるかもしれません。それは多分性の営みという愛情表現について、深く考えることができていないためではないかと思います。

人を愛するととても素晴らしい感情が生まれ、そしてそれが行いとして現されたときに、様々なその表現方法を取って、互いが互いを愛しく想えることを体験するのであります。

その経験をとおして、また人を愛するというその気持ちを広げていくことができると思います。

人と人が愛し合う、そのことを学ぶために人は生まれさせられた、と言えると思います。その愛の表現方法は様々あるということですね。

その中の一つが、性を通して表現していくことにあると思います。

男女・年齢・人種・宗教など、人にはそれぞれ違った環境が用意されていますが、その違った環境の中で、それぞれがお互いにどのようにして人を愛することができるのかを学ぶということは、とても大切なことだと思います。

一人の人を愛することができない方は、二人の人を愛することはできないと思います。ですから、最も愛することのできる相手がいらっしゃる方は、とても幸せだと思います。その愛することのできる相手を、十分に愛してさしあげていただきたいと思います。またその愛を与えられた方が、その思いをまた他の方に現していくことができたときに、その愛は広がっていくと思います。

愛とは、『人を大切にする思い』だとも言えると思います。であれば、その大切にする思いをどんどん広げていき、その経験を積んでいくことが、人として学びの量を増やしていくことにもなると思います。

そのような意味において、宇宙連合でも、性に関しての受けとめ方は、意識の向上のためにあると考えております。

身体《からだ》と身体《からだ》を触れ合い、抱きしめ合うことを通して、お互いが愛し合うこともできますが、また身体《からだ》と身体《からだ》が触れ合わなくても、それぞれの思いを重ね合うことによって、相手の方を愛しく大切にする愛の思いを受けとめ合いながら、さらにその思いを広げていくこともできます。

人を大切にしたいというその思いは、その思った瞬間に相手に伝わり、また相手の方もその思いを与え合い、素晴らしい愛の空間がそこで生じてくるということをお伝えできます。

地球の皆様には少しわかりにくいかもしれませんけれども、人それぞれの思いは形で現すことはできませんが、互いに感じ取ることはできると思いますし、愛の思いもそれと同じであると思います。

ですから宇宙連合では、常にその思いを大勢の方に送ることによって、とても素晴らしい愛に満たされた状態が保たれているということをお伝えしたいと思います。そこには争いはなく、それぞれの生き方を大切に思い、認め合い、またそれができたからこそ、その素晴らしい関係が保たれているのだと思います。


では実際に性教育に対し、大人達はどのように考えているのでしょうか?

地球の学校では、小学校低学年から多少なりとも性教育を取り入れてくださってはいるようですが、低学年向き・高学年向きというようにできているのかどうかと思っております。

高学年になれば女子は生理が始まり、男子は夢精があったり、声変わりが始まったりして、身体面にいろいろ表れてきますね。そういうときに身体の変化の原因を教えなければならないと思います。

ただ表面的なことだけではなくて、性に関する細かいことまで伝えていくことが必要です。

個人差はあったとしても、人間として生まれた以上、性に関して必ず不安がありますから、そういうことも子供達に伝えなければならないと思います。

セックスをしたら病気になるといったそういう知識だけではなく、セックスの本質を隠すことなく詳細に教える必要があると思います。

特に女子は、生理が始まる頃から急激に身体の発達があり、そのことで女性としての微妙な感情が起きてきますから、その微妙な心の変化をどのようにして大人が伝えていけるのかということです。

初潮《しょちょう》があって〈オメデトウ〉ということでお赤飯を炊いたりいたしますが、それはどういう意味を含んでいるのでしょうか。

これから一人の人間として、女性として成長していくお祝いとしてなさっているのかもしれませんが、はたして本当に一人の女性として同等に接することができるのでしょうか。

年齢ではなくて、これから成長していく女性として、親や学校側はどのようにして教えることができるのかということです。

男の子が性衝動にかられたとして、どのように処理することができるのかということも、重要になってくると思います。

自慰《じい》行為で処理をするということがあるかもしれませんが、それだけでは足りずに、女の子の身体に触れてみたいという感情が生じ、そして女の子の身体はどのようになっているのか、という興味へ感情が移るかもしれません。

どのような身体になっているのか、どのような構造になっているのかということは、知識で何となくわかってはいても、実際にはどのようなものなのであろうか、ということになってくるのではないかと思います。

それを確かめるために、経験という意味で、自分より小さな子を利用してと言いましょうか、女の子に触れてしまうというケースが多いと思います。

ただ触れるだけではなく、性行為があったとすれば、女の子にとってそれは恐怖でもあり、一生忘れることのできないこととして、心の中に残ってしまいます。

もし結婚ができたとしても、夫婦生活でその時の恐怖感が襲ってきて、性に対する忌《い》まわしい記憶がいつまでも残り、本来あるべき性への喜びがないということになります。

女性は、性への忌《い》まわしい記憶がありますと脳裏から離れず、一生涯、不感症で終わってしまうことがありますから、学校側や親達はどのようにして性教育の時間を有効に、子供達に教えることができるのかということになると思います。

親として性のことは教えられないという方もいらっしゃいます。しかし、自分は性に対してどのように思っているのか、どのように思ってきたのかということは、体験を通して少しでも自分なりにお話しできるのではないかと思います。

恥ずかしいから嫌ということであっては、いつまでたっても子供達に伝えることはできません。知識がないということではなく、自分が経験した中から、性に対することを伝えることが大切ではないかと思います。

今はフリーセックスとか、いろいろ言われているようですが、そのようなセックスにしても、どのようにしたら、相手の方とセックスを通して素晴らしい関係でいることができるのか、ということを教えていくことが大切ではないかと思います。

親として、大人として、どのようにして伝えていくかということは、思春期であるお子さん方にとってはとても大切なことである、というとらえ方をしていただかなければ、お話をすることはできないと思います。

今、話す機会を失ってしまえば、性に関するお話は永久にできなくなってしまいます。

男の子だから父親に、女の子は母親にということではなくて、家族で話すことも必要ではないかと思います。

子供達が男同士・女同士の方がいいと言えば、そのようにお話をすることもできますが、性に対する男性からの考えや感情、女性からの思いや考え方など、様々な角度で家族でお話をすることも必要ではないかと思います。

性は、一生涯あるものとして切り離すことのできないものです。

その性を通して人々を愛することができれば、それは素晴らしいことです。

人を愛するということは身体全体で表現することができ、そして性を通して身体全体で愛の一側面を表現することですから、とても大切であり、すべての人を愛しく思えたときが、その人にとって素晴らしい状態であるのです。

この身体がある限り、この身体は、愛から生まれたものであるということですから、素直にこの身体を通して、愛を表現していくことではないでしょうか」

「どうも、ありがとうございました。

そうですよね～。どうしても性についてのお話になりますと、ちょっと、ヒソヒソ話のような感じになっていましたね。

実際、どなたに相談したらいいものかと、考えてしまいましたから、これからはもっと明るく前向きに話せるようにいろいろと勉強していきたいと思います」

その時、せい子が、

「シェリナース様、今のお話の最後に『この身体は愛から生まれたものである』とおっしゃいましたが、それはどういうことでしょうか。もう少し詳しくご説明いただけませんか」

「はい、わかりました。

『この身体は愛から生まれたものである』についての補足説明をいたしますね。

初めてこのことにふれた方は、あるいはこの内容を両親の愛によって表された身体《からだ》であると受け取る方が多いかもしれませんね。

例えば、わかり易く申しますと、卵と鶏《にわとり》の関係のお話がありますが、卵が先なのか、ニワトリが先なのか？　どちらが先に生まれたのか、結局のところ答えは出てまいりません。

ではお花に例えてみれば、お花が咲くためには種が必要です。種ができるためにはお花が実を結ばなければいけません。

どちらが先にあったのでしょうか。

ある人は種があったからお花が咲いたと言います。別の人はお花が咲いたのに種ができなかったなどと、いろいろ考えてみるのも面白いことかもしれません。

では、この見えない空気は誰が創ったのでしょうか？

この身体の七割近くを占める水分は、誰が創ったのでしょうか。

水に関して言えば、空気に含まれている水と海水では、共通している点があるのでしょうか。

また私達の星やあなた達の地球は、どのような所から生み出され、創られたのでしょうか。

それはどの方も知ることはできないと思います。

しかし、多分何らかの力が働き、そして現在に至ったであろうという推測はできると思います。

その何らかの力とは、どのような力なのでしょうか？

その力は、私達の星とあなた達の地球を創り出し、地球上のすべてのもの達を創りだし、実はこの身体《からだ》も創り出されたと考えることができるかもしれません。

話は変わりますが、人の持つ最も素晴らしい思いは、愛情であると思います。

いろいろな方に対するその優しい思い、慈《いつく》しみの心、大切にしたいという思い、何とかしてあげたいというその思いはすべて、一言で言えば、愛情として表現できると思います。

可愛い赤ちゃんを見たときに赤ちゃんがニッコリと私達に微笑んでくれたとき、私達は世の中の様々な嫌なこともすっかり忘れ、悩みもすっかり忘れ、その一瞬だけでも赤ちゃんの笑顔という素晴らしい愛によって包まれる状態を経験することができるからこそ、人の心はそのように喜びを内から感じ取ることができるのではないでしょうか。

人が幸せだなぁ〜、嬉しいと感じるとき、その方はきっと愛によって身体全体が包まれている状態を、経験しているのかもしれません。

愛は、言葉で細かく説明すれば様々な説明はできるかもしれませんが、そのように身体全体で感じ取っていくもの、感じさせられている状態を指していると思います。

どの方にも感じ取ることのできるその思いは、誰が与えてくれたものでしょうか？　自分がその思いを創り出すことができるでしょうか？

例えば、大変な悩みを持っている人がいたとします。私達は、そんな悩みは自分で身体中いっぱいに愛を感じることができればきっと無くなるだろうに、と思うものです。しかし自分自身でその愛を創り出すことが、はたしてできるものでしょうか？

人は、他の人のために何かをしたときに、そして喜んでいただいた姿を見たときに、よかったなぁという状態の中で、またそれを愛として感じ取ることができると思います。

可愛い赤ちゃんを見たときや、可愛い小犬や子猫を見たときに感じる思いと、そして誰かのために、何かを一生懸命したときに、相手から有難うと言われて感じる思い、それは自分で創り出すことができる思いではなく、感じ取る思いであると思います。

そのようにこの身体は創られているということです。

なぜならば、私達の星、あなた達の地球を創り、その地球上のすべてを創り、そして人間を創ったその大きな力、それこそがこの身体に流れている力であるからです。

その力こそ愛であると仮に表現させていただければ、内に流れているその力によって愛を感じ取ることができるということでしょう。

そしてこのような素晴らしい状態で表された身体を通して感じ取ることのできる愛を、どのようにしてさらに皆のために広げることができるのでしょうか。

それは同じように創られた兄弟達に、自分が幸せだなぁ、嬉しいなぁと思えたその思いを、相手に感じてもらえるようにするためには、どうしたらいいだろうと思う心、悩み、苦しんでいる心よりも、喜びや、幸福感に満ち満ちた状態の方が、本当に素晴らしいと思えるならば、そのことをどのようにして隣りの方に伝えることができるのでしょうか。

　また隣りの方にも、どうしてもそのように幸せになってもらいたいと思っていただくことができるのでしょうか。

　人は、顔、形がどの方も違いますので、自分以外の方に対して、自分が得ることのできたものを、その方達にも得てもらいたい、または与えてあげようと思うことがなかなか難しいかもしれませんが、本来は、この身体さえもその大きな力、愛によって生み出されている以上、どの方も等しく大切にしていこうとしていただければ、その本来のこの身体に流れているそのものが大きく広がり、たくさんの人を愛で包むことができると思います。

　その思いさえ持っていれば、顔、形、考え方、生き方、国籍、人種が違っても、どの方にも等しく大切にしていこうという思いを持ち続けることが、できるのではないでしょうか。

　そのことを通して多くのことを学び、そして感じ取るために生きているとも言えますし、また生まれさせられたとも言えるのです」

「私達の身体は愛から生まれたものである」というお話を、せい子と美和さんは初めて聞きましたが、何となく素直に受け入れることができたような気がしました。

今まで聞いたこともないようなことを、次から次へと伺うたびに、少しずつ徐々に、何となくわかってくるような気持ちになるのが不思議だなぁと思いました。きっとそれは宇宙の愛のエネルギーで包まれているお陰だと思えました。

私達地球人もいずれの日にか、このメリセア星の人達のように、お互いが心から大切にし合える関係を築けるようになりたいものだと思いました。

そして時間という観念をなくして、明日への不安を持つことなく、のびのびと生きていきたいと思ったのでした。

しばらくしますと、シェリナース様は両手をふわっと前に差し出しながら、にこやかに会釈なさりながらご挨拶をされました。

「それではまもなくお別れです。地球の皆様ごきげんよう～。いつの日か必ずお目にかかりましょうね。どうぞ、お元気で」

そして続いて、リメッシリー様も軽く両手を組まれながら、

「それでは私もここで皆様とお別れとなります。地球に危機が迫っていることに一日も早く、地球の方達が気づいていただけるよう心より願っております。楽しい旅をありがとう。またお会いしましょう」

と、軽く頭を下げられた後、微笑みながら私達一人一人の顔をご覧になられました。

これで本当にお別れなんだと思うと、身体全体に悲しみがいっぱいにあふれ、涙が自然とこぼれてきました。

「今回の事は、あなた達の記憶の中にしっかりと残されますから、安心してくださいね」と、フイウリー総司令官がなぐさめてくださいました。そして、

「では、ほんのしばらくお待ちください」

と言われました。

Ⅳ 再び宇宙船へ

宇宙船攻撃の防衛システム

こちらに来たときと同じように、赤い乗物に乗って宇宙船まで帰るのだろうかなぁとぼんやり思っていると、一瞬くらっと眠気に襲われたような気がして、そしてハッと我にかえりますと、なんと私達三人はもうすでに宇宙船のあの最初の部屋の中にいるではありませんか。

本当に信じられないことばかりがおきて、自分の頭の理解の範囲をとっくに超えてしまっているはずなのに、パニックにならないのが不思議なくらいでした。

でもよく考えてみると、折角のチャンスだったのだから、もう少しスローモーションでその移動を経験させてもらいたかったなぁと、だんだん欲が出てきてしまいました。

「では、次はご希望どおり、そのようにいたしましょう」と言われたので、「えぇ〜、本当ですか？」と大きな声を出してしまいました。

「ハイ、ではこれから地球に戻る途中で面白いものを見せてあげましょう」と言われながら、ケリアリー様の待つ隣りの部屋に案内されたのでした。

そこには、たくさんのスイッチや図形や数字のような記号のついた大きなコンピューター（？）が、ズラッと並んでいて、正面いっぱいにある巨大な映像画面には、色とりどりの個性的な洋服（？）や不思議な髪型（？）をした生物達がたくさん映し出されていました。

「さぁ、こちらにお掛けください。もうしばらくしますと始まりそうですよ。あっ、そうそう。この部屋が実はこの宇宙船の操縦室になっているのです。それほど複雑なものは備えておりませんが、今から見ていただく正面の大きな画面と、その下に小さな画面がいくつも見えると思いますが、それは必要なときに必要な場所を映し出すことができるようになっています。

この宇宙船の操縦室で働いてくれているスタッフは、全部で三〇人程度で、それぞれ六つのグループに分かれて交替でやっています。彼らは地球の方達のように、特別な訓練を何年も受けたりすることはありませんし、また特別な資格も必要ありません。

しかし、ある精神的レベルが必要となります。それは以前お話ししたと思いますが、『宇宙の法則の利用法』を使えるまでになっているということです。

そして、宇宙全体が調和された素晴らしい状態に存続されるために、彼らは時折この法則を利用することもございます」

トモキオがその時突然質問をしました。

「以前、宇宙船が他から攻撃をされた場合は、防衛システムが瞬時に自動的に働くようになっていると伺ったのですが、超光速で飛んでいる宇宙船が相手の動きを瞬時にわかるのはどうしてですか？　また、どのようにして敵か味方かの判断がされるのでしょうか？」

「ハイ、とても核心にふれる質問ですね。

それは操縦士の彼らは、常に生命《いのち》の意志を感じ取りながら、完全なる愛と調和のエネルギーを宇宙全体に送り続けている者達なのです。

ですからもし仮に、はるか彼方《かなた》にいるどなたかが、こちらの宇宙船を攻撃しようと思ったと同時に一秒の差もなく、生命《いのち》の意志の源を通して、相手の心を知ることができ、瞬時に防衛システムが働き始めるのです。もちろん、相手の心を知ることができるということは、敵か味方かも知ることができるというわけですね。

そしてそのようなときには、攻撃してくる方のいかなる力をもってしても破壊することのできない、つまり生命《いのち》の意志の源より与えられた完全なるシールドがこの宇宙船になされまして、相手が攻撃した力はその倍の力となってはねかえるようになっているのです。つまり、彼らは自分達が仕掛けた攻撃によって、また自らが滅んでいくということになるのです。

できることでしたら、そのようなことにはなってほしくないと、私達も思ってはいるのですが、実際にはそういうことも以前に何度もございました。このような説明でご理解いただけましたでしょうか」

「はい、よくわかりました。私達は素晴らしい方達によって守られながら、安心して旅行ができたのも彼らのお陰だったのだということが、よくわかりました」

我々三人はあらためて彼らに感謝の気持ちを向けることができたのでした。

楽しそうな宇宙の音楽コンクール

「それでは今から、あなた達にある星の、あるシーンを見ていただきたいと思います。私はその間しばらく席を外しますが、きっと喜んでいただけることと思いますので、まずヘッドホーンを付けてくださいね」

と総司令官にそう言われて、私達はヘッドホーンを付けることにしました。そうすると、その映像の音をはっきりと聞きとることができ、今何がそこで始まろうとしているのかがわかったのでした。

はたして、動物園の動物たちに似たたくさんの生物達が、様々なデザインの洋服やアクセサリーを身に付けて、奇妙な髪型をし帽子をかぶり、音楽に浮かれながら踊っているというような、何とも不思議な光景を想像することができるでしょうか。

それは、地球流に言えば、国際音楽コンクールが今から始まろうとしていたのです。その星の各地からこのコンクールを見ようと集まってきた人達（？）は、陽気に自分達の思いを身体いっぱいに表しながら、楽しそうにしているではありませんか。

シルバースーツにブラックタイを締めた、ちょっと首の長～いキリンさんのような人が司会者らしいのですが、彼が器用にマイクを使って真面目に挨拶をしても、会場の誰もが聞いている様子はなく、相変わらずお祭り気分で自分達の世界に入っているようでした。

これからどうなることやらと心配していると、ステージの上の審査員らしき人達（？）が目に入りました。七人の審査員を順番に目で追っていきますと、どの方も貫禄があっていかにも偉そうに見えました。

そして最後の審査員の席までくると、何とそこにはフィウリー総司令官がにこやかに座っているではありませんか。しかしちょっと場違いな感じがしないわけではありませんでしたが、あるいは見間違いかなぁと思ったりもしました。

「えっ～、嘘～、信じられないわ！」

と美和さんが思わず叫んでしまいました。

「でも、前に映した録画かもしれないし？」

とせい子も少し疑ってしまったのでした。

するとその時、

「美和さん、せい子さん、トモキオさん、聞こえますか？」

と画面の中のフィウリー総司令官が、私達の名前を呼びながら手を振られたのでした。

「はい、聞こえますよ」

と三人が答えてから、

「ということは、これは録画ではなくてリアルタイムの映像っていうことかしら」

とせい子が言いました。

「どうして、どうして、どうして〜！　私達をその星に連れていってくれなかったの。もー、けちっ!!」

美和さんは、あまりの悔しさに口をとがらせてしまいました。

「美和さん、総司令官が私達をその星に連れていかなかったのには、きっと深い理由があると思うから、あんまりむきにならない方がいいんじゃないかなぁ」

とトモキオはなだめるように言いました。

そうこうしているうちに画面では、大輪の花のついた紫色のつばの広い帽子に同じ紫色のガウンをまとった一人目のペンギンに似た方が、シャンソン（？）に似た感じの曲を感情を込めながら、愛の歌を歌われたのでした。

次の方は、身体中が真っ白な美しい毛皮でおおわれたとても立派な体格の方でした。その方の曲はまるでジャズ（？）のようです。ノッソ、ノッソとその大きな身体を左右に動かしながらの堂々とした歌いっぷりでした。その方の姿は白熊によく似ていましたが、とてもリズムにのっていて上手だなぁと思いました。

三番目の方は、カンガルーに似た親子連れでした。さらにバックコーラスとして八人のカンガルーに似た方も一緒でした。彼らは赤のタータンチェック風のスカーフを首に巻き、手と足には赤のお揃いの手袋と靴を着けていました。スピード感あふれるキックボクシンクのポーズを取り入れながら、ステージいっぱいに繰り広げられる歌と踊りは、見ている私達も十分に楽しむことができました。

ヘッドホーンをつけていても歌が聞こえないほど、会場の方達もさらにエスカレートしていくような感じを受けました。コンクールというよりも、どこかのコンサート会場にいるような熱気が感じられて、とても盛り上がっている様子が画面からも受けとれました。

続いて四番目に出てきたのは、フラミンゴに似たスタイルのよい方でした。その方はとてもシンプルに肩から真っ白なレースのショールをふわっとかけられて、羽根を優雅に動かしながらダンスをされ、まるでワルツ（？）のような感じの踊りで歌い出したのでした。

高音がよく出ていて、賛美歌のような美しい歌声に驚いてしまいました。しかし、その力のある歌声にさえも、観客の方達は相変わらずいっこうに静かになりません。

でも、よく会場を見渡しますと、どうも自分達の国の人がステージに立ったときには、その国の方達だけは静かに聞き入っているといった様子がわかってきました。

そして、第一部の最後に登場したのは、ワニに似た方でした。ズルズルとステージをはいながら、マイクの所まで来ますと、ピョンと足で立ち上がって、なんと前の手でそのマイクを握り締めました。イメージ的には、怖いような気がするかもし

れませんが、白に黒の水玉模様の大きな蝶ネクタイをつけた黄色のスーツ姿は、なぜかとても愉快でよく似合っていました。
地球のテノール歌手もびっくりする位の声の張りと伸びに、さすがの会場も彼の歌うオペラ（？）のような曲に魅了されてしまい、シーンと静まりかえってしまったほどでした。
その時三人は、宇宙の歌姫と言われているエレシーニーさんから、かつて伺ったことを思い出したのでした。
『宇宙の歌は、すべて愛をテーマにしており、
歌詞と音色と歌い手の思いの三位一体によって、
素晴らしい愛の世界を創りだし、
皆がその愛の世界に包まれ、
愛を感じ、愛と一つになり、
愛の意識そのものに高まっていくのです』
本当にその通りだなぁと、また再び実感したのでした。
その頃になってようやく三人は、あることに気がつきました。
「私達って動物の言葉がわかるんだ。それに彼らの気持ちも伝わってくるのは、や

っぱり最初にもらって着けた翻訳器のお陰だろうか。これはいいよね。これを地球に持って帰りたい」

と、その時真剣に思ったのでした。

今まで私達は、人間の立場からしか地球の動物を見てこなかったけれども、もし、動物の言葉を理解できれば、彼らが何を私達人間に思っているのか、言いたいのかを知ることができるだろうになぁと思ったりしました。

画面には、第二部が始まるまでの間、クジャク（?）達による楽しいアトラクションの様子が写し出されていました。

人間が生かされている目的は？

その時、突然画面の中の総司令官がおっしゃいました。

「それでは途中ですが、ここまでにしていただいて、今から私はそちらに戻りますね」

三人は、これから楽しくなっていくぞーと思っていた矢先だったので、言われた言葉にとても拍子ぬけして、がっかりしてしまいました。

「えぇ〜、なんで〜、これからっていうときに、信じられな〜い！」

美和さんは、まるでドラマのいいところで、続きになったようなものだと、不平不満をあらわにしたその時、目の前にスーッとどこからともなく、総司令官のお姿が現れたのです。

「美和さん、途中まででお許しくださいね。

せい子さんもトモキオさんも楽しんでいただけましたでしょうか。

ご一緒したかったのですが、地球に戻ります時間の都合がございましたので。それと、実はこの旅行の最大の目的の一つになりますが、重要かつ大切なお話をこれからさせていただく予定をしております」

美和さんは、自分の大人げなかった態度をちょっと恥ずかしく思いながら、

「重要なお話ってなんだろう」と、とても気になりました。

「さぁ、こちらへどうぞ」と手招きされながら、三人は操縦室を後にして総司令官に続きますと、少し歩かれてから急に立ち止まられて、

「先ほどのお詫《わ》びの印に、この窓の外をご覧くださいますか」

と私達にお声をかけられると突然三メートル四方のガラス窓が、これまで何もなかった所に現れたのでした。

今まで飛行機の中から窓の外をのぞくことはありましたが、今我々がのぞいているのは、まぎれもなく宇宙船の中から、それも宇宙そのものをのぞいているのですから、その驚きようと感激はとても言葉では表すことができないほどでした。

宇宙船はかなりのスピードのはずなので、きっと周りの景色すべてが目が回るほどの速さでビュンビュンと、まるで弾丸のように通り過ぎていくものだと、三人とも当然思っていたのでした。

しかし、目の前に繰り広げられている世界は予想にまったく反しており、まるで時間が止められたかのように静寂で、荘厳なおかつ穏やかであり、「宇宙は愛そのものだ」と三人は同時に感じさせられたのでした。

その宇宙の愛にすっぽりと包まれて、幸せな一時を過ごすことができたのでした。とその時突然、宇宙の静けさを破るかのように、私達の目の前の宇宙空間一面に小さな無数の光輝く星のような塊が現れたのです。それはまるで花火が打ち上げられたかのような状態で一面にちりばめられており、さらに中心に向かって渦《うず》を描いているように見えました。

「アッ！　あれは何？」三人が声をそろえて叫びました。

「あの塊のように見える無数の光輝いている物達は、これから、どれくらいかかるかわからないほどの時を経て、徐々にその渦の中心に引き寄せられながら、一つの星として誕生していくのですよ。つまり今、目の前に見えている姿は、星の誕生の一過程ということですね」

とフィウリー総司令官はご説明してくださいました。

その説明が終わったなぁと思った頃、今度は宇宙船のやや斜め下辺りに、太陽の周りを規則正しく軌道に沿って自転しながらなおかつ公転している、いくつもの星々が目に入ってきました。

「あっ！ あれは私達の太陽系惑星でしょ！」

と美和さんが一番に叫びました。

「いいえ、残念ながら、他の太陽系惑星ですよ」

と総司令官は答えられました。

「うそー！ そんなの信じられないわー！」

と再び美和さんが叫びました。

そこで、フィウリー総司令官は静かにゆっくりと話し始められました。

「この広い宇宙には、あなた達の住む太陽系惑星のような星々が、まるで砂浜の真砂《まさご》のごとく数限りなく無数に存在しているのです。

そして、一つの星が存在し、また生物が存在するためには、太陽を中心として、そのエネルギーを惑星自身達が共有することが必要なのです。

この宇宙は常に変化しながらも、全体が調和された状態として一定に保たれているのです。

どうぞ、皆様もこの宇宙の姿をしっかりとご覧になられて、地球に帰られましたら、自分達の太陽系惑星の一つ一つが大切な役割を担っていることや、また軌道を外れることもなく動かされている大きな力に、思いを向けていただきたいと願っております」

初めて見る宇宙の迫力と神秘さにただ呆然《ぼうぜん》としてしまい、今まで経験したものをもすべて、打ち消してしまうほどの衝撃《しょうげき》を受けたのでした。

「宇宙は本当にミステリアスだわねぇ～」

と美和さんは深～いため息をつきました。しかしこんな素敵なお土産をいただいて、本当に私達は幸せ者だなぁ、とつくづく思わないわけにはいきませんでした。

「では、そろそろ次の場所にまいりましょう」

と総司令官にお声をかけられて、ハッと我に返ることができたのでした。

そして、三人はその余韻《よいん》を楽しみながら総司令官の後に続きますと、再びあのドーム型のガラスのお部屋まで案内されたのでした。窓の向こう側には、相変わらず美しい熱帯魚（?）達が、優雅に気持ち良さそうに泳いでいる姿が見えました。

せい子と美和さんはこの部屋がとてもお気に入りでした。気持ちが落ち着いてきて、心が癒されるような感じがするのです。

「では、こちらにお掛けくださいね。それでは飲み物を用意いたしましょう。何か皆様のご希望はございますか」

と、総司令官がおっしゃったので、

「あの～、もしよろしければ、以前こちらでいただいたペリッテというコーヒー色をした、すばらしい飲み物を私はお願いしたいのですが」

トモキオは、素早くリクエストしました。

せい子と美和さんは、どうしようかしらと二人で顔を見合わせながら、ヒソヒソと相談を始めてしまいました。

「私達も同じものをお願いします。そして、あの～、その時いただいたお菓子をもう一度食べさせていただきたいのですが、いいですか～」

とちょっと言いにくそうに伝えると、総司令官はニッコリと優しく微笑みながら、テーブルを指で二回軽く触れられました。

さぁ〜、今度こそ出てくる瞬間を見逃さないようにと、両目をしっかりと見開きながら瞬《まばた》きもせずに、息をこらしてテーブルの上を見つめていますと、パッと一瞬にしてどこからともなくアッという間に目の前に現されたのでした。

「あなた達もいつの日かできるようになりますよ。

皆様ともしばらくの間お会いできなくなると思いますので、どうぞ遠慮せずに心置きなくお召しあがりくださいね」

と総司令官はいつものように優しくお話しくださいました。

せい子と美和さんは、もうこんなに美味しいものとも当分お別れかもしれないと、お言葉に甘えて後悔のないようにと次から次へと口に運んだのでした。

その姿に、トモキオはやはり女性はすごいなぁと圧倒されてしまいました。最後にペリッテを飲み終えますと、さすがに効き目はあったようで、穏やかな気持ちになってきて、思いが深く内に向かわされるような感じがしました。

そこで、フィウリー総司令官が再び話し始められました。

せい子と美和さんは、慌《あわ》ててペリッテをいっきに飲み干し姿勢を正したのでした。

「今回の旅行はとても深い意味がありました。それは、これからトモキオさんが質問してくださる内容に関わってまいります。その内容を地球の皆様が理解されるまでには、少しの時間が必要になってくるとは思いますが、今ここで、どうしてもお伝えしなければならないと強く感じております」

それらのことについては、トモキオも何も聞いておりませんので、総司令官はトモキオがこれから質問する内容を、すでにご存じだということなのだろうと、でもなぜかそれは当然のことだろうと彼女達には思えたのでした。

「早速ですが、トモキオさんから今まで疑問に感じていたこと、あるいは地球の方達のために聞いておきたいことがありましたら、ご質問してください」

「はい、有り難うございます。それでは早速ですが、我々人間を現された目的、そして人間全体としての役割と、個人としての役割について、お教えください」

トモキオは地球に帰るに当たって、これだけは教えてもらわなければ、と思っていたことを聞いてみました。

「ハイ、人間が現されたその目的は、地球上のすべての生き物達が、すべて同じ生命《いのち》から生かされているものであり、同じ意志を持っていて、地球すべてが一つのものであるということです。これを拡大すれば、宇宙全体が一つであるということを知っていただきたいのです。

それを知るためには、まず考えることです。そして考えるためには経験すること
です。それぞれが生かされている立場を通して考えることです。それが普段の生活
の中であったり、自然界とのつながりの中であったり、その中で様々に感じること
ができます。それぞれの角度から考えていただくために、皆にそのチャンスが与え
られているのです。

人の役割は、それぞれその現された環境、立場によって、一人一人違ってまいり
ますが、しかし本来学んでいただきたいことは、隣りの人も、向こうの方も、見ず
知らずの方も、また自然界の動物も、植物も、鉱物も、見えるもの、見えないもの
すべて、そのすべてが、一つのものとして、全体でこの宇宙を、そして地球を創り
上げているということを、いずれの日にか知っていただけると思います。

農業に携わる人、芸術に携わる人、様々な人にサービスを行ったりする方など、
それぞれの役割は違っていても、いろいろな分野でたくさんの人やものとの関わり
の中で、心を痛めたり、苦しんだり、悲しんだり、喜び、楽しみ、様々な経験の中
から、人と人が仲良く暮らすこと、自然界と人が仲良く暮らすこと、その関係性を
学んでいっていただきたいのです。

人は自分一人では、何も感じ取ることもできません。

自分という存在を見つめていただくためには、その対比する相手が必要だということです。

他の方との関係の中で様々なことを感じ、お互いが学びあう対象であると気がつくことによって、その中で学んでいくことは多いと思います。

その学びは、なぜか内から良心の閃《ひらめ》きとして、感じさせられるものだと思います。その良心からの閃きに、どれだけ素直に生きていくことができるのか、また素直に生きた結果、人との関係はどのようになったのかということを通して、自分はどのような生き方をしていったらいいのかを学んでいっていただきたいと思います」

「では個人の役割はどのようにすれば、個人個人がそれを知ること、意識することが、できるのでしょうか?」

「ハイ、地球の皆様は多分、それぞれに流れている生命《いのち》は皆違うものであると思っていらっしゃると思います。

それは、隣りの人と区別するときに、様々に現された個性が違うという意味において、区別をしているからかもしれません。

その流れている生命《いのち》が違うという考え、これも決して悪いことではないと思います。ある段階まではですね。

そして違うからこそ、その違いをどのように発揮していったらいいのか、というところに目がいく方もいらっしゃると思います。

子供を育てるときに、その子の才能を伸ばしてやりたいとか、将来苦労をさせたくないとか、様々な親の考えがあります。また子供自身も自分は将来、何に向かって生きていったらいいのか、どういうことをやっていったらいいのだろうかということを、その時々に考えたりすることがあると思います。

その時に、自分が興味を持っていることや心をひかれることとの出会いが必ずあると思います。

もし無かったと言われる方がいるならば、それはその方がそれを見逃してしまったとも言えるかもしれません。

現すその信号の大きさに違いはあると思いますが、強く強くその信号を現し、どうしてもその方向に向かわなければ、自分は生きることができないと思えるくらいに強い促しを感じ取れて、そのような思いが持てる方と、何となくぼんやりとこうなったらいいなぁ~とか、これは面白そうだとか、うっすらと興味を持つようなこともあると思います。

興味を持たれる内容とその方向性が、役割を果たす上でとても大切なことであると思います。

よく小さな子供が将来何になりたいのかという問いに対して、途方もない、現実的には不可能であるようなことを言ったりすることもありますが、あながちそれは間違いとも言えないと思います。

またその考えさえも年を重ねるごとに、少しずつ変化していくということもあると思います。

大切なことは、そのように思われたこと、感じとらされたこと、フッと何か口に出したことを、大人達が押さえつけてしまうような方向にだけはして欲しくない、という思いはございます。

押さえつけられますと、そこで本来の素直な思いがふさがれてしまうということもあるということですね。

本来彼らがなんとなく思えたことや、感じ取れたこと、これは皆様に流れている生命《いのち》からの思いであり、本来その方の役割をなしていく方向に向かっていただくための促しであるとお伝えしたいと思います。

ですから人それぞれ、本来の役割に向かう、向かい方は違っていると言えると思います」

「では続きまして、見えるもの、見えないもの、動物、植物、鉱物、微生物、顕微鏡的微生物などにも精神活動はあるのでしょうか？　あるとすればどのようになっているものでしょうか？」

「ハイ、今までの社会は人間以外のものの心、精神について、それが何かを感じ取り、表現することはできない、その存在すら認めないということでまいりました。

しかし近頃、その動物、植物、鉱物にさえも、様々な形としてそういう存在があり、また表現する力もあるのではないだろうかと、地球の一部の人達も、そのように知るところまできたと思います。

まして見えない世界については、これは肉眼で見えないということもありますから、何かを感じとれる力があるということなど、とても理解しがたい段階にあると思います。

しかし本来、当初お話しをしましたように、地球や宇宙を一つのものとして見たときに、そこに流れているその生命《いのち》に差はないという考えからいたしますと、皆がそれぞれ感じ取ることのできる思い、それは、生命《いのち》を通して感じ得るもので、人間以外の見えるもの、見えないもの、そのすべてに同じ生命《いのち》が流れ、それぞれの思いを感じ合えるものが流れていると言えます。

この部分は大変説明が難しいかもしれません。

見えないと言うと、地球上では、魂とか、霊とか、表現はいろいろあるでしょうが、亡くなった方がとても身近で親しい方であった場合に、その方が傍で自分を見守ってくれている、自分を助けてくれていると感じ取ることのできる方も大勢いると思います。ということは、その感じ取れたということがとても大切なことだと思います。そのことを証明することはなかなか難しいのかもしれませんね。同様に動物、植物、鉱物、微生物に至るまで、人の思いがどれだけそのもの達に影響をあたえているのか、また何かを自分達に伝えようとして訴えているものがあるとしたならば、それをどのようにしたら知ることができるのだろうかなどと、まだまだこれは先の課題かもしれませんが、すべて同じ生命《いのち》が流れているという意味において、彼らが人との関わりの中で全く違う世界に住んでいるのではなくて、人と共に同じ世界を創り上げ、お互いに影響を与え合っているということを認めることもできると思います。

いずれにしましても、この課題に関しては証明できる部分もありますが、でき得ない部分が多いという意味において、実証は難しいかもしれません。自分達がどういう立場で生活をし、自然界のもの達とどのように関わり合っているのかを考えていただいたときに、何かを知ることは必ずできると思います」

「それでは、その顕微鏡的微生物と申しあげましたが、人類が悪玉菌と呼ぶ病原菌がございますが、悪玉菌の意志が、突然善玉菌に変わるとか、善玉菌が悪玉菌に変わるとか、害と思えるものが無害になったり、無害と思えるものが害になるというときの微生物の、その意識と役割の関係はどうなっているのでしょうか？」

「ハイ、大変面白い発想で、興味を持たれるところだと思います。

まず人と人の付き合いの中で考えてみましょう。皆どの人も仲良く生きていきたい、仲良く付き合っていきたいという考え方は、一方で相手の方が嫌な態度をとりますと、こちらも嫌な態度で返してあげようという心が働きます。このように人の心が、相手にどのように影響を与えるかということを知っておいてください。

そこで地球と宇宙の関係です。

地球と宇宙が一つのものとして、調和された状態で保たれるためには、皆が仲良く生きるということ、お互いが尊敬し合い、そして感謝をし合う心、これが大切だと思います。そうでなければ地球は宇宙の中の一員として存在することはできないからです。

先ほどの人と病原菌との関係に当てはめてみましょう。人がどのような思いを病原菌に現すかによって、返ってくる状態も良い姿であったり、悪い姿であったりと、様々であるということです。

自分の現した姿、その姿が病原菌を通して、自分自身がまた知るということになるのかもしれませんね。

相手の考え方、生き方を変えようとしても、人間同士ではそれはなかなか難しいと思います。そういう時にこそ、まず自分の考え方や接し方を、相手に対して変えていきます。すると自ずと相手の方の自分に対する思いも、また表現されてくる姿も違ってくると思います。

人と人は姿が見えるもの同士ではありますが、もしこれが病原菌という肉眼としてなかなか確認できない相手であったとしても、実際に存在しているということ、そしてそこに流れている生命《いのち》は同じ生命《いのち》、そしてその思いも同じ思いを現しているとしたならば、人が現す思いによって、相手も非常に影響を受け、その思いに沿った姿をこちらに現してくれるということなどを学んでいただくのです。ある時は悪玉、善玉それぞれの姿を現しながら、一体それは何を言わんとしているのであろうか、ということを人々に対して問いかけ、そして、気づいていただこうとしているということです。

地球の人間が、この宇宙の中で一番素晴らしい存在であると、思っていらっしゃる方も多いと思います。

それも間違いではありませんが、また人間と同じ位に、素晴らしい存在として、その病原菌も存在していることを知っていただきたいと思います。

なぜならば、その病原菌というその姿の変化を通して、人にとって何が最も大切であるのか、ということを教えようとしている存在があることを考えれば納得していただけると思いますね」

「良心とはなんのことですか？　そして、どうして現されたのですか？」

トモキオは聞いてみた。

「ハイ、皆様が良心を感じ取ることができたとき、それはどのようなときでありましたでしょうか。

本当はこうしてあげたいと思ったけれども、今はちょっとやめておこうと、こうしてあげたいという思いを打ち消してしまったとき、または自分のエゴの思いに染まってしまったとき、その後、なぜあの時の最初に感じ取ることのできたその思いに沿えなかったのだろうかと後悔をするときがあります。その後悔から、良心からの訴えに自分は反してしまった、と自分の行いを通して、また学ぶことができたと思います。

その繰り返しの中で、やはり人は最初に何かをフッと思ったその思いに従っていく方が良いということを経験的に学ぶことがある思います。その経験の量や、学びの量に個人差はあると思います。

良心とは、人と人との関係を通して、自分自身の意識を向上させていただくためにはどうであったらいいのかということを知っていただくために、皆に流れている生命《いのち》の意志を良心という形で感じ取らされていると言えます。

つまり…生命《いのち》の意志＝（イコール）良心…ということです。

そして、その良心に沿った生き方、現し方ができたときに、とても素晴らしい状態として人との関係や自然界との関係を築いていくことができると思います。

これ即ち、愛を現すことができたとも言えると思います。

その現したその姿を通して、また愛が広がっていくと思います。

そして、全体が調和された状態に保つために、一人一人の思いをその良心に沿って現していただくことによって、きっと全体で一つという意識にも導かれるであろうと考えております」

「どのような状態のとき、どのように良心を現されるのでしょうか」

「ハイ、それはその方が、良心というものを感じ取ることができる状態にある時、ということです。

つまりそれは、その方の意識が良心というものを感じ取れることのできる段階にまで来ているという表現がいいでしょうか？

それは、良心を感じ取ることのできない方もいる、ということにおいてですね。つまり、外に現されているその人の素晴らしさ、イコール良心を感じとれる状態とは言えないということです。

それは、現されているその姿が、すべてではないという意味です。

人の心、意識というものは、表に現されていないところで、本当の状態を現していることが多いと思います。

それがよく言われる本音と建て前ではありませんけれども、本当の姿というものは、表に現れてきたときこそ本物ではありますが、そうとも限らない状態であるからこそ、いろいろなことを通して学ぶということになっているわけですね。

ですから、良心を感じ取ることのできる状態というものは、何かを今からなさろうとしたりしたとき、その良心からの促しに素直にまだ沿えない状態ではあるけれども、沿えない状態を自分が現したことが、なぜ自分は良心からの促しに沿えなかったのかということを、深く反省し学んでいただける状態になっているということ。

そのような方には、特に良心からの促しは必要であり、有効であると思います。

その回数を重ねていきますと、過去の経験を通した後に、徐々に良心からの促しに素直にそうしようと思えるところまで上達していく段階があると言えます。

ですから、外から見ただけでは、その方が良心を現すことができるかどうかということはわかり得ないと思いますし、その方の意識の段階がどのようであるのかということもわかり得ないことで、具体的に表現することは難しいと思います。

ただ言えることは、良心からの促しを感じ取ることができた時は、どの方も、もうすでにその良心からの促しを通して、学びの段階に入っているんだ、ということを伝えてさしあげたいと思います。

だからこそ、その良心からの促しにできるだけ沿って、素直に現していっていただきたいと願っているわけです」


「人の個の意識と、良心は、どこで区別をすればいいのでしょうか」


「ハイ、良心とは良い心。では個の意識とは、悪い心なのかということも考えていただきたいと思います。

これは一般には誤解を招く言葉で、本来は良いも悪いもないと言えると思いますが、あえてそのように表現をいたします。

皆に流れている生命《いのち》。その生命《いのち》の意志によって促される良心。この良心が何を訴えているのか、また良心に沿えば、どのような状態が現されるのかということを考えていただきたいと思います。

きっと、良心に沿った生き方は、個の意識では、なかなか難しい部分もあるのかもしれません。

それは自分という者が、一人でこの世の中に存在できているとか、誰の援助も受けていないとか、生きる自信があるとか、様々な背景はあると思いますが、人は決して一人では生きていけないということを知り、皆が助け合いながら、また自然界の恵みをいただきながら、共に感謝をしながら仲良く生きるという生き方、これに向かっていただくための良心の促しであると言えると思います。

つまり、個の意識がまだそこまで向かえないからこそ、そこで自分自身が何かを考えていただくために、つまり、自分はどういう存在なのか、この地球の中で、自然界の中で、どのように現されているのかということに気づいていただきたいためにも、良心からの促しはあると言えます。

様々なことを経験していただければ、きっと、個の意識と、その良心との差は、多分無くなっていくであろうと思います。

人のために何かを一生懸命することができたとき、それがすでに良心からの促しに沿って生きているということです。

そうしようと思えてできたこと、これが大切なことだと思います。

その回数、量を増やしていっていただくことによって必ずや、その個の意識と、良心との差は縮まり、そして同じものとなっていくであろうと思っております。またそれを願っているということです」

「人類以外のすべてのものは、良心をどのように現しているのでしょうか」

「ハイ、先ほどは人の中に流れている生命《いのち》、そして生命《いのち》を通して維持されている肉体、そしてそれぞれの個の意識、さらにその意識を向上していただくために、生命《いのち》の意志によって良心の促しを行っているというお話をしましたね。

　では人以外のすべてのものは、どうなっているのでしょうか。

　彼らはもうすでに、それぞれに流れている生命《いのち》を通して、それぞれの意識が良心を感じ取ることのできる存在になっているとお伝えしたいと思います。

　しかし地球の人類が一番知能が高いのだ、と思っていらっしゃる地球の大勢の方々に対して、今申しあげたことは全く納得のいかないことかもしれませんね。

　しかし、その現されたその姿を観察してみてはいかがでしょうか。

　地球の方達はそれぞれの富や地位や、本来あまり重要視しなくてもいいのにと思えることに、意識が集中しているように思われます。

　それが故に皆が争いや殺し合いを行い、隣りの方が飢えで苦しんでいても、知らない顔ができるという意識の方々が多いように思われます。

　一方自然界では、雨が降っても風が吹いても不平不満も言わずに、また人の手によって摘み取られたとしても、悲鳴もあげずに、それでもけなげに人の心を和ませたい、役に立ちたいという意志を表現している素晴らしい植物達が存在しています。また動物も、食用にされたからといって嘆き悲しむ姿もなく、またその愛らしい姿を通して人に貢献しています。

このようなことを素直に考えてみようとなさらない方、また、なさっていただけない状態の方には、このようなことはお伝えできないと言えると思います。

優劣をつけることはできませんけれども、人は人以外の存在を通して何を学ぶことができるのかということですね。

人同士だけでは学びには限りがあると思います。

人が生きるために、何と何が必要であって、この地球はどのような状態で成り立っているのか、そして存続できているのか、この宇宙はどういう状態にあるのか、その中で人はどういう立場にあるのかなど、皆様にはもっともっとたくさんのことに目を向けていただいて、人類が一番優れているという考え方をできるだけ、もっと違う角度に向けていただきたいと思います。

皆様が学ぶために、この自然界が用意されているとも言えるのです」

「良心はどこから来るのですか」

「ハイ、良心とは、皆様の内に流れている生命《いのち》、その生命《いのち》の意志、その意志が良心として皆の内に感じさせられるということです。

先ほどもお話ししましたが、この表現は多分受け入れることが難しい方が多いと思います。皆に流れている、『生命《いのち》に意志がある』ということを、私はいずれの日にか、そのことを大勢の方に知っていただきたいと思っています。

一般には、皆様が一生を生きるうえで、それぞれの内に、その方自身を守り、導いている存在があり、それを地球では、霊とか魂、あるいは、神、仏という表現を取られる方もいらっしゃると思います。

それは皆様にどのような生き方をしていっていただきたいのかということをお伝えするためで、本来の道を歩んでいただくためには、そのような表現が受け入れ易いということで、今日までまいりました。それならば今更、皆がなんとなく信じることのできるその表現を貫いた方がいいのではないか、という考え方も一方であるとは思います。

しかし、これから先どれだけの年月がかかるかわかりませんが、あえてここで、皆に流れている『生命《いのち》に意志があり』その意志によって、皆が良心の促しを感じさせられているとお伝えしたいと思います。

人によっては、今表現したことを直ぐに理解できる方もいらっしゃいますが、皆それぞれの段階を踏み、経験を重ねながら、一歩一歩向上させていらっしゃるということなので、段階によっては皆に流れている生命《いのち》に意志があるということを、理解できる日も必ずやって来ると思います。そしてもう一つ付け加えさせていただければ、皆に流れている生命《いのち》は、他の方に流れている生命《いのち》と別の生命《いのち》ではなくて、同じ生命《いのち》が流れている、ということですね。

同じ生命《いのち》が流れていながら、その生命《いのち》の意志によって、皆様に表現される個性、また歩み方、考え方が違ってくるということです。

本日はあえて、ここまで踏み込んで表現をさせていただきました。

この件についてはたくさんの疑問を感じられる方も多いことと思います。それも承知の上で伝えさせていただきました」

「良心を無視すれば、どのようなことになるのでしょうか」

「ハイ、皆様が良心を感じるとき、良心からの促しを感じるとき、その良心からの促しに沿えなくて良心が痛むという表現で反省をされることがあったと思います。

良心を感じ取れたときに、疑うことなく、あるいは少しの躊躇《ちゅうちょ》があったとしても、その良心に沿った行いが取れれば、それはその方自身ももちろんですが、その方の周りの方にも、必ずや好影響を及ぼすと言えると思います。

それはどのような形で現れるかは様々ではございますが、皆が何かを感じることができるものとなるでしょう。

また一方、良心に沿えなかったとき、つまり自分の考えを通し周りの方のことを考えることができなかったときは、その結果、様々に現れてきたものによって、一時は何事も無くスムーズに事が運んだとして安心したとしても、いずれの日にかやはりそれはまずかったということになれば、なぜあの時良心に沿えなかったのか、だから今このようなことになってしまったのではないか、ということで反省を促されるときが必ずやってまいります。

しかし人は、一旦反省をしても、違う角度から良心の促しをされたとしても、以前と似た状況でなかったとか、あるいは以前と同じような状況であったとしても、また自分の意志を貫いてしまうことがあるようです。

この繰り返しは、人によっては何度も何度も、時には一生続けなければいけないときもあるかもしれません。

ある人は途中でハッと目が覚めるような思いがして、アッ、このようなことではいけないのだと心から思えたとき、次はまた新たな道を、つまり良心に沿える道を歩んでいかれるのだと思います。

良心に沿えたから、あるいは沿えなかったから、その方の人生がいい人生であったとか悪い人生であったとかいう表現はできないと思います。

よく皆様は、悪いことをすると罰《ばち》が当たるという表現をされますね。それは罰《ばち》が当たるから悪いことはやめて、良い行いをしていこうと思われる人もいるかもしれませんね。

しかし、人によってはその罰さえも、マ、罰と思えるようなことさえも必要である時もございます。それをどのように受け取るかはその方自身の問題であって、他の方がその方の人生を批判することはできないと思います。

なぜなら自分の人生と、他の方の人生を取り替えることはできないわけですし、それがたとえ親子であっても、夫婦であったとしても、結局自分自身の人生をどのように進められるのかということですね。そして良心からの促しをいつ感じ、そしてまたそれにいつ沿えることができるのか、そのようなことを経験していただくことも、皆様にとってはとても大切なものになると思います。

私からはあえて、ここまでのご説明にさせていただきたいと思います。

もしどなたかが良心に沿えなかったから罰《ばち》が当たったと思ったとしたならば、それからどうしたらいいのだろうということを、その方自身が考えて歩んでいかれることであると思います」

「再度伺いますが、人は何のために生きているのでしょうか」

「その疑問を感じていただくために、人は現されたとも言えますね。

そのことを通していずれの日にか、自分という者を客観的な目で見つめることができ始めたときに、もっと広い目で地球を、宇宙を、そして全体を見つめることができるのだと思います。

それにはそれぞれが今置かれた環境で様々に抱えている、悩みや、疑問、苦しみを通して、その感情を素直に表現してみることがまず大切だとお伝えいたします。

そして、現された感情を通して、次にどのようなことに気がつくであろうか、どのような後悔をするであろうかということだと思います。

その時に、良心からの声が聞こえてくると思います。皆様が様々な人生を歩む上で、大切なときに必ず、その良心からの声を感じ取ることができると思います。

私は、一人一人が、自分は何のために生まれ、そして生きているのかということに気持ちが向けられることを常に望んでおります。

その答えの導き方は、皆それぞれ違ってよろしいと思います。それが、皆様が現された意味であると言えると思います」

「生命《いのち》に意志がある、ということのさらに詳しいご説明をお願いいたします」

「ハイ、地球上の、そして宇宙のすべてのもの達、見えるもの、見えないものを含めたありとあらゆるもの達、人類、動物、植物、鉱物、微生物にいたるそのすべてに生命《いのち》が流れています。そして、その生命《いのち》が流れているからこそ、その地球が、そして宇宙が存在しているのです。

その生命《いのち》には意志があり、その意志によってそれぞれ現される姿が異なってまいります。

同じ人間同士であっても、姿、形、ものの考え方、生き方まで違ってくるのはすべて、この生命《いのち》の意志によるものでございます。

では皆様のその個の意識は、はたして自分自身で現すことができたのかどうか、ということを、まず考えていただきたいと思います。

それにはまず、生まれてくるその日を自らが意識し、決定し、この世に生まれ出ることができたのかどうかを、ぜひ考えていただきたいと思います。

自分自身が何ものであるのか？

なぜここに存在しているのか？
だれが存在させたのか？

このすべての答えの鍵は、皆に流れている生命《いのち》の意志に関わっているとお伝えすることができます。

また人間以外の数多くのもの達も、そのどれ一つをとっても形を違えて現すことのできるその力は、すべて生命《いのち》の意志によるものであるということです。

では皆の意識はその生命《いのち》の意志によってコントロールされているのか、という疑問が湧いてくる方もいらっしゃるでしょう。

大きい意味ではそうであるとも言えます。

しかし小さい意味においては、日常生活の中で、それぞれが感じ取れる思いを通して、本来の皆に流れている意志に目を向けていただくまでの長い道のりを経験していただいているとお伝えしたいと思います。

身体《からだ》の一つ一つの細胞に生命《いのち》が流れ、生命《いのち》の意志が存在することによって、この肉体全体が保たれていると言えますね。

しかし時には、ある細胞が本来と異なる働きを示すことによって、病気と思えるものが発生してくることがあります。

よく皆様は、病気を治すために様々な治療をなさると思います。

それも間違いとは言えませんけれども、はたして治療という行為で、すべての病気が治せるのでしょうか？

原因不明の難病と言われるもの、そのすべては、生命《いのち》の意志によって発生させられていると、あえてここでお伝えしたいと思います。

ではなぜ、その生命《いのち》の意志は、皆にそのような苦しみを与えているのかという疑問と、その原因はどこにあるのかということになると思いますが、それは本来、生命《いのち》の意志が示そうとしている、その意志に反した行いや考えを持つことによって、発生したものであると、そのようにお伝えしたいと思います。

それでは、生命《いのち》の意志は、どのような意志を皆に現そうとしているのか？

それにはまず、人と人の関係を考える前に、自然界の中に流れている生命《いのち》の意志が、どのような姿を現しているのかを知ることが大切であると思います。

人が生きるために、地球上のすべての自然界が、差別することなく、皆に平等にいろいろなものを与えてくれている。

その与えられている姿を観察していただきますと、生命《いのち》の意志が本来現している姿を観ることができると思います。

その太陽系惑星における地球の働きも、すべて生命《いのち》の意志により、皆様が安心して生活できるように、軌道を外れることもなく調和の保たれた姿を示しているとは思われないでしょうか？

この宇宙の、そして地球のすべてのもの達は、生命《いのち》の意志により様々に異なる姿を現し合いながら、お互いが助け合いながら、素晴らしい関係を築いていっていただきたいという思いで現されていることをお伝えしたいと思います。

人はそのような中で存在させられている以上、自分自身がどのような生き方をしていったらいいのかということを、現されている肉体を伴いながら、学んでいかれ、またそのために現されていると、お伝えしたいと思います」

フィウリー総司令官のお話が終わりました。

静かな沈黙の中で、それぞれの意識が深い思いに向けられていくのが感じられました。

『生命《いのち》に意志がある』

この言葉が、まるで砂に水がしみ込むように、意識の奥深くまで自然にすーっとしみ込んでいくような、不思議な感覚を経験しました。

今回、重要なことを伝えたいと言われていたのがこのことだったのだと、確信できたのでした。

『生命《いのち》に意志がある』

『その生命《いのち》の意志が、良心の促しを行っている』

『だから、良心に沿った生き方は、生命《いのち》の意志に沿った生き方だ』

『自然界の姿を観察することによって、生命《いのち》の意志が、本来現している姿を知ることができる』

『生命《いのち》の意志を知り、良心に素直に沿いながら、生きることの大切さ』

『人はどのような生き方をしていったらいいのかを、考え学ぶために現された』

三人はそれぞれが、今回の宇宙旅行の中でいろいろな方々から教えていただいたたくさんのことを思い出しながら、自分達もその意味をよく理解して、実際にそのような生き方ができるようになりたいと思ったのでした。

V フィウリー総司令官から地球人へ最後のメッセージ

そして、フィウリー総司令官は最後にこのようにおっしゃいました。

「我が友よ。生命《いのち》の兄弟たちよ。あなた達が今回経験したことを、どうぞ、地球の兄弟達に伝えて上げてください。

彼らはこれより、生命《いのち》の意志を知り、永遠なる進化の旅を歩まれることになるでしょう。

今こそ、あなた達の役割を果たすときが、やって来たのです。
そして、そのことはこれより永久《とわ》に受け継がれることとなるでしょう。

この宇宙のすべてのもの達のために、そして地球のすべてのもの達のために、生命《いのち》の意志と共に、私達は宇宙の愛のエネルギーを送り続けます。

皆の心に愛が広がり、そして周りのすべての人達や自然界に、愛を広げて生きていけるようにと、
私達は宇宙の愛のエネルギーを送り続けます」
「宇宙の愛のエネルギーとは、完全なる愛と完全なる調和のエネルギーのことです」

目をつむりながら、フィウリー総司令官のお言葉をしみじみと聞いているうちに胸がいっぱいになり、大粒の涙がこぼれてきたのでした。

そして、徐々に身体がフワッと軽くなるような感じがしたなぁと思った瞬間に、キラキラと輝くパールホワイト色のまばゆい光の中に包まれたのでした。

それは、まるで自分達が天使にでもなったかのような身の軽さと、この上なく幸せな気持ちでいっぱいにさせられたのでした。

そして、微かに聞こえてくる静かな音色は、私達をなお一層、愛のしじまに導いてくれたのでした。それからゆっくりと時は流れ、最後にはショパンの別れの曲になっていったのでした。

愛に包まれた喜びの中で、総司令官との別れを感じさせられながら、さらに時は過ぎていったのでした。

そして別れの曲が終わろうとしたその時に、総司令官の優しいお姿がパッと一瞬目の前に現れ、すぐに消えていってしまったのでした。


アッ、と思ったその時、私達はもとの自分達の部屋にいたのでした。三人はしばらくの間、ボーッとたたずんでしまい、随分たってから、やっと我に返ることができたのでした。

そう言えば、スローモーションで移動させてほしいと言っていた通りにゆっくりと、どれぐらいの時間がかかったかわからない位に本当にゆっくりと、時間をかけて地球まで帰らせてもらったのだと思いました。

やっぱり総司令官はちゃんと約束を守ってくれたんだ、と嬉しく思いました。何気なく、今何時なんだろうと思い置き時計に目をやると、なんとまったく時間は進んでいないではありませんか。

「ウソー、信じられな〜い、これって、どういうことなのー」

と美和さんが一番に叫んだので、せい子は、

「美和ちゃん、もしかしたら、日付が何日か過ぎているかもよ。私、電話で日付を確かめてみるね」

と言いながらすぐに行動に移しました。

「美和ちゃん、やっぱり同じ日付だったわよ〜。

ということは、私達タイムスリップしたってことかしらねー？」

その時、一番冷静なトモキオが、静かに話し始めました。

「宇宙船の中で、確か公園のベンチにみんなで座っていたときに、総司令官がおっしゃったよね。覚えているかなぁ。

『この宇宙には、過去、現在、未来がたたみこまれている』って。

この言葉どおりを三人は体験させてもらったんだよ。
だって、経験から学ぶことが多いということも伝えていたじゃないか」
うんうんと、せい子と美和さんはうなずきながら、
総司令官が最後におっしゃったお言葉を、再び思い出していたのでした。
「宇宙は深いわ〜」と美和さんがため息をつくと、
せい子は、「本当よね〜」とあいづちを打つのでした。

その時、トモキオがしっかりとした口調で、ハッキリと言いました。

「これからの私達の役割を伝えられた以上、その役割を実行していくことに意味があるし、絶対にそうしようという強い意志を持つことが、今からの我々には必要なんじゃないかなぁ」

そうよそうよとせい子と美和さんは、手を取り合いながら固く誓ったのでした。

あとがき

お約束どおり『宇宙連合から地球の皆様へ　メッセージ**2**』をお伝えさせていただき、感謝しております。一人でも多くの地球の方々に目を通していただけたらと、心より願っております。

地球の皆様がこれから体験されるであろう様々な出来事には、すべて深い理由があるということを知っていただきたいと思います。自然界が示す姿を通して、皆様は何を感じ、そして何をしていこうとされるのかということが、これより問われてくることとなるでしょう。

地球上のすべてのもの達が、皆様と同じ生命《いのち》によって生かされており、また宇宙のすべてのもの達も、皆様と同じ生命《いのち》によって生かされている、という事実を認めることが出来た時、初めて人類は謙虚に、自らの役割を知ることが出来るであろうと思われます。

皆に流れている生命《いのち》に意志があり、その生命《いのち》の意志によって、良心の促しは行われています。

常に、自らの内にある良心に素直に正直であっていただければ、生命《いのち》の意志により、皆様の将来と地球の将来は必ず守られるであろうと思われます。

宇宙連合より愛を込めて、地球の皆様に再びメッセージを送らせていただきました。

宇宙連合総司令官フィウリーより

※なお、この宇宙体験は夢の中におけるフィクションですが、中に登場されている宇宙連合フィウリー総司令官、ケリアリー様、リメッシリー様、リオラー様、スミットナー様、シェリナース様と称される方々からのお話は、チャネラーである私を通して、実際に宇宙からのチャネリングによるものであり、ノンフィクションです。

また編集にあたっては、㈱インツール・システムのスタッフの皆様にたいへんご苦労をおかけし、素晴らしい出版ができたことを、心より深く感謝いたします。

著者紹介

セレリーニー・清子《きよこ》

1995年突然の出来事により『宇宙連合』の高次元の意識体との通信が始まる。それ以後、一般の方達からのあらゆる疑問・質問に対して、チャネリングを通じて回答している。著書に『宇宙連合からのファースト・メッセージ』（文芸社刊）、『宇宙連合から宇宙旅行への招待』（共著・たま出版刊）がある。

タビト・トモキオ

約30年前より真理の道を求め続け、苦難の末『宇宙連合』の高次元の意識体より様々な導きをいただくこととなる。それは治療の極意であったり、地球人の意識を高める方法や、地球の自然破壊の変化をどのようにしたら遅らせることが出来るのかなどである。また【宇宙連合・なんでも相談室】を開いており、**霊的相談も含めて**、幅広い方達からの相談にも具体的な回答を伝えている。著書に『宇宙連合から宇宙旅行への招待』（共著・たま出版刊）がある。

宇宙連合から宇宙船への招待

初版第１刷発行　2002年４月15日
第２刷発行　2002年10月15日

著　者　セレリーニー・清子　タビト・トモキオ
発行者　韮澤潤一郎
発行所　株式会社たま出版
〒160-0004　東京都新宿区四谷4-28-20
電話　03-5369-3051（代表）
http://tamabook.com
振　替　00130-5-94804

印刷所　東洋経済印刷株式会社

ISBN4-8127-0055-8 C0011